FRANKENSTEIN

GENFORTALT

ILLUSTRERET AF RASMUS JENSEN

KENNETH BØGH ANDERSEN

FRANKENSTEIN

GENFORTALT

POLITIKENS FORLAG

HVOR SIDDER SJÆLEN?

I 1818 udkom en bog, der med tiden skulle gå hen og blive en af de mest berømte og indflydelsesrige romaner nogensinde. Bogen udkom anonymt.

Over tyve år senere, i 1831, udkom bogen igen. Denne gang i en lettere bearbejdet udgave og med forfatterens navn på forsiden: Mary Shelley.

Romanen hed *Frankenstein*.

Frankenstein. Et ord, der den dag i dag er synonym med rædsel. Et navn, de fleste kender, men en bog, som de færreste har læst.

Denne bog, du nu sidder med, *er* Mary Shelleys grufulde og dramatiske fortælling om videnskabsmanden, der knækker selve livets kode og skaber et levende væsen – med frygtelige konsekvenser til følge. Men den er fortalt med min stemme og i min fortolkning. Jeg har så vidt muligt forsøgt at være tro mod den oprindelige historie, men har også lagt til og skåret fra, hvor jeg fandt det passende. Visse scener er blevet udvidet, andre kraftigt barberet. Nogle af disse ændringer og begrundelsen for dem uddybes i bogens efterskrift.

Selv om historien om Frankenstein er over 200 år gammel, så er det stadig en medrivende og vedkommende fortælling, som bliver siddende i læseren, længe efter at den sidste side er vendt. Det er ikke kun en skrækroman, som mange fejlagtigt tror. Det er også en tragedie, der griber fat i livets største spørgsmål og tager læseren med på en rejse, der fører vidt omkring. Helt til verdens ende og ind i de dybeste afgrunde af menneskets sjæl.

Far vel.

Kenneth Bøgh Andersen

Da dannede Gud Herren mennesket af agerjordens
muld og blæste livsånde i hans næsebor,
så at mennesket blev et levende væsen.

Første Mosebog, 2. kapitel, vers 7

"Begæred jeg – min Skaber! – af mit ler
Til menneske at dannes ved din hånd,
Og bad jeg dig, at du fra mørkets skød ville kalde mig frem?"

John Milton, Det tabte Paradis

"Min Gud! Min Gud! Hvorfor har du forladt mig?"

Markusevangeliet, 15. kapitel, vers 34

PROLOG

Lyden af deres stemmer er forsvundet bag ham. Fars knæ gjorde vrøvl, så han og Elizabeth satte sig på en bænk, mens William sneg sig afsted for at gå på opdagelse. Hans far og søster snakkede om Victor. De håber, at han snart kommer hjem. Det gør William også, selv om han næsten ikke kan huske sin 14 år ældre bror. William var kun tre år gammel, da Victor drog afsted for at læse i Tyskland. Han har været væk i seks år nu, og William kan slet ikke forstå, at man kan læse så længe. Ens hoved må da være ved at eksplodere.

Han samler en kæp op og slår den mod træstammerne, mens han fortsætter hen ad den snoede sti. Mellem træerne kan bjergene ses. Den nedgående sol omgiver tinderne med et rødligt lys. "Aftenglorie" kalder Elizabeth det. Luften er lun, kobberfarvet og dufter af forår.

William ved, at far og Elizabeth længe har været bekymrede for Victor. Han har været syg – alvorligt syg, åbenbart – og der var en lang periode, hvor de ikke hørte fra ham. Men nu er han omsider blevet rask nok til at planlægge sin hjemrejse, og de glæder sig til at se ham igen. Især Elizabeth, der siger, at hun og Victor en dag skal giftes.

William kan ikke helt huske, hvordan det er med Elizabeth. Hun og Victor er lige gamle, og William har altid tænkt på hende som sin storesøster, men det er hun ikke. Ikke rigtigt. Hun er vistnok deres kusine eller måske endda fra en helt anden familie. Af grunde, William ikke kender, tog hans forældre hende til sig, da hun var lille, og hun er vokset op hos dem.

Han gør holdt ved to døde grantræer og åbner den lille låge i medaljonen, han bærer om halsen. Indeni er et billede af hans mor. Ligesom med Victor kan William næsten ikke huske hende. Alt, hvad der er tilbage, er små, slørede glimt – som brudstykker af en drøm – og når han tænker på hende, er det billedet i medaljonen, han ser for sig.

"Din mor var den sødeste dame, du kan forestille dig," sagde Elizabeth, da hun gav ham medaljonen om halsen tidligere på dagen. William havde plaget hende hele morgenen, og til sidst gav hun efter, hvis han lovede at passe godt på den. Han havde sagt, at han ville forsvare den med sit liv.

"Jeg ville ønske, hun stadig var her," sagde han og strøg en finger hen over sin mors ansigt, der ikke var større end en mønt.

"Det ville vi alle."

"Elizabeth?"

"Ja?"

"Hvorfor skal man egentlig dø?"

Hun havde betragtet ham lidt. Så rystede hun smilende på hovedet og purrede op i hans hår. "Nu lyder du som din storebror."

"Men ..."

"Stik så ud og leg."

Deres mor var død af sygdom, kort før Victor tog afsted til universitetet, og derfor – når William tænker på sin storebror – er der en lille del af ham, der forbinder Victor med hendes død.

Han lukker medaljonen og skal til at løbe videre, da han hører en lyd. En gren, der knækker.

Han ser rundt. Det grå mørke mellem træerne kigger tilbage. Den sidste bid af solen er sunket ned bag bjergene, skyerne ligner blodigt uld. Han er alene, men … Det føles ikke sådan, og først nu bliver han opmærksom på, hvor stille her er. Ingen dyr, der rumsterer i krattet. Ingen kvidrende fugle. Det er, som om selve skoven holder vejret.

Helt, helt stille.

Kun den gren, der knækkede.

"Elizabeth? Er det dig?"

Selvfølgelig er det hende. Hun laver sjov, prøver at snige sig ind på ham og forskrække ham. "Elizabeth, jeg kan ikke lide det."

Nej, han kan overhovedet ikke lide det, men Elizabeth hverken svarer eller træder frem. William knuger kæppen i sine hænder og skal til at løbe tilbage til bænken, da en skygge falder ind over ham. En hånd griber fat i hans skulder. Ikke Elizabeths hånd, det kan han mærke med det samme. Den er alt, alt for stor. Men selv om taget i ham er fast, gør det ikke ondt. Tværtimod føles det næsten blidt. Alligevel kan William tydeligt mærke det. Den voldsomme styrke, vedkommende besidder. Hånden vender ham rundt.

Skikkelsen, der tårner sig op bag ham, er ikke bare stor, den er kolossal. William må ligefrem læne hovedet tilbage for at se mandens ansigt, og ved synet mærker han sin blære give slip. Han trækker luften ind for at skrige, men det spærres inde af mandens anden hånd, der lægger sig om hans hals.

Kort efter lyder endnu et knæk.

1

KAPTAJNEN

KAPITEL 1

Han sad inde i sin kahyt og lyttede til isen, der pressede mod skibet. Det knirkende tovværk og plankerne, der gav sig under mændenes vægt. Som lyden af klagende dyr.

For første gang siden deres afrejse havde en uro bredt sig blandt besætningen, og kaptajn Robert Walton forstod dem godt. Udenfor lå tågen så tæt, at man næsten ikke kunne se en hånd for sig. En iskold suppe, der stak i halsen og gjorde det svært at trække vejret.

De havde været nødt til at kaste anker, og ikke kun på grund af tågen. Drivisen havde pludselig samlet sig om skibet, så tætpakket, at den blev til én stor flade. Det var ikke til at sige, hvor længe de ville blive liggende her, og Walton spekulerede på, hvordan han skulle formulere brevet til sin søster hjemme i England. I samme håbefulde tone som i hans tre tidligere breve eller med lidt af den bekymring, der efterhånden også havde sneget sig ind i ham?

Han dyppede pennen i blækhuset og skulle til at sætte den til papiret, men tøvede igen, da hans blik faldt på datoen, han havde skrevet i øverste højre hjørne. Årstallet.

1799.

Afslutningen på et århundrede, begyndelsen på et nyt og følelsen af at stå med et ben halvt inde i fremtiden. Videnskaben var i rivende udvikling, og det var ikke til at sige, hvad der ventede menneskeheden af nye, store landvindinger. Også Walton selv ville bidrage til disse fremskridt, det var hele formålet med denne rejse, der efterhånden havde varet i flere måneder.

Selv om de lige nu sad godt og grundigt fast.

De var sejlet fra Archengelsk i Rusland i april og havde sat kursen mod Nordpolen. Mod den fremmede, uudforskede del af verden, der endnu var ubetrådt af menneskefødder. Han havde hyret dygtige og pålidelige mænd, og indtil nu var alt mere eller mindre forløbet som planlagt. Et par stive storme og en knækket mast, det var alt.

Nu var fuldriggeren nået op til den evige is, der svøbte sig om dem fra alle sider. En voldsom, næsten unaturlig verden. På en gang frygtindgydende barsk og guddommelig smuk. Solen gik aldrig helt ned, men svævede også om natten over horisonten som et evigt åbent øje. Medmindre tågen åd rub og stub og pakkede alting ind i koldt vat. Som nu, hvor det var naturen og ikke ham, der bestemte, hvornår rejsen gik videre.

'Til fru Saville, England', begyndte han brevet, men længere nåede han ikke. Der lød pludselig spektakel ude på dækket. Løbende skridt og stemmer, der råbte i munden på hinanden.

Med rynket pande lagde Walton pen og pibe fra sig og forlod kahytten.

Tågen, der for få minutter siden havde indhyllet skibet i et gråt, stikkende tæppe, var væk. Det golde polarlandskab var atter kommet til syne, og sollyset fik isbjergene, der rejste sig som gigantiske fæstningsmure, til at skinne.

Alle mændene stod forsamlet i skibets ene side og kiggede i samme retning.

Walton trådte hen til skibsføreren, hvis øjne også var knebet sammen i en stirren. "Hvad foregår der?"

"Der var en skikkelse, kaptajn." Skibsføreren var en solid mand. Urokkelig som en skibsmast og født med saltvand i årerne. Men det udtryk, der nu havde slået rod i hans ansigt … Der var en ængstelse i hans blik, Walton ikke tidligere havde set. "Ude på isen."

"De mener et dyr?"

"Nej, kaptajn." Skibsføreren rystede på hovedet og vendte sig atter mod det hvide landskab. "Ikke et dyr."

"Et menneske? Men vi er adskillige hundrede kilometer fra land."

I det samme tiltog den ophidsede mumlen blandt de russiske sømænd, og der blev peget med dirrende fingre. Walton kiggede i den angivne retning. Til at begynde med kunne han ikke se noget. Is og skygger og hav. Intet andet.

Så var der en bevægelse.

Med rynket pande tog Walton sin kikkert op af lommen, trak den ud og rettede den mod den sorte plet, der var dukket op i alt det hvide. Den var langt væk, og han kunne ikke se den ordentligt, men … Nej, det lignede ganske rigtigt ikke et dyr. Men et menneske? Det kunne heller ikke passe. Ikke kun, fordi de befandt sig midt ude i det rene ingenting, hvor ingen mennesker levede – hvor ingen mennesker *kunne* leve – men også fordi … Den skikkelse … Den var alt for stor.

Skabningen – hvad det end var – bevægede sig med en overraskende hast, og øjeblikket efter var den væk igen.

Walton sænkede kikkerten. Kunne det være en ny art? Kun få opdagelsesrejsende havde været så langt nordpå, som de var nu. Pokkers også, at de var spærret inde af isen, så de ikke kunne optage forfølgelsen.

Og dog ...

Walton ville aldrig indrømme det – ikke engang i brevet til sin søster – men en del af ham var faktisk lettet over, at han ikke kunne træffe beslutningen om at sætte efter. Lettet over, at skikkelsen var løbet *væk* fra skibet i stedet for imod det. For selv om figuren ikke havde været andet end en sløret plet i horisonten, så var der noget ved den, der havde fået hans hjerte til at banke hurtigere.

Hvad havde det dog været for et væsen?

Nogle af sømændene slog korsets tegn, mens de på deres modersmål hviskede det samme ord om og om igen.

Walton spurgte skibsføreren, hvad det betød.

"Dæmon, kaptajn," lød det dystre svar. "Det betyder dæmon."

Walton prøvede at smile. Typisk sømænd. Overtroiske helt ind i knoglerne.

Men af en eller anden grund døde smilet i forsøget, og flere gange den nat vågnede Walton gispende og svedende. I hans drømme – skikkelsen, hele tiden skikkelsen, der denne gang ikke løber bort fra skibet, men kommer nærmere og nærmere, springer fra isflage til isflage, indtil den næsten er helt henne ved rælingen, og først da opdager kaptajnen, at han er alene på dækket. Alle sømændene har forladt skibet. De har kastet sig over bord, og deres livløse, opsvulmede kroppe flyder rundt i det sorte vand. Walton står som frosset fast, mens han stirrer på skikkelsen, der næsten er helt henne ved ham nu.

Men det mest uhyggelige – det, der i mareridtene skræmmer ham fra vid og sans – er, at han stadig ikke kan se den ordentligt.

KAPITEL 2

Walton vågnede med et sæt og en udpræget følelse af, at der befandt sig nogen lige bag ham. Han vendte sig om, men kahytten var tom. Naturligvis. Det var ikke andet end resterne af de onde drømme. Sikke en forfærdelig nat.

Gråt lys fyldte rummet. Walton kastede et blik ud ad vinduet og konstaterede opløftet, at isen under den overskyede himmel var brudt op i løbet af natten. Omsider kunne de sejle videre.

Der lød en banken på døren, og først nu genkendte han lyden som den, der havde vækket ham.

"Kaptajn!" Skibsførerens stemme. Han lød oprevet. "Kom, hurtigt!"

Walton mærkede en prikken i huden. Hvad nu? Var den mystiske skikkelse dukket op igen? Det håbede han ikke. Walton forstod ikke, hvorfor hændelsen havde sat sig sådan i ham, opdagelsen af en ny art ville jo netop give ham den hæder og ære, han håbede at gøre sig fortjent til. Men …

Men.

"Kommer," svarede han.

Oppe på dækket var mændene igen samlet i skibets ene side. Denne gang var deres opmærksomhed dog ikke rettet mod noget ude i det fjerne, men noget nede i vandet.

Walton kiggede ud over rælingen og havde et øjeblik svært ved at tro det, han så. Hvad i alverden?

På en stor isflage, der i løbet af natten var drevet hen mod skibet, stod en hundetrukket slæde. Otte hunde var spændt for, men kun et enkelt af de udsultede kræ var i live. Resten lå døde på isen, faldet om af udmattelse. I slæden, pakket ind i tæpper og skind, var liget af en mand. Isen hang som perler i hans skæg, ansigtskuløren var samme farve som de blege skyer over dem, øjnene frosset fast i en stirren.

Walton lod blikket glide ned til hagebøssen, der var bundet fast til slæden, og tilbage til den døde. Som pludselig blinkede.

"Han er i live!" gispede Walton. "Få ham ombord, hurtigt!"

Et par af sømændene firede sig ned og fik den forkomne mand fri af slæden. Flere gange var han ved at glide fra dem, men til sidst lykkedes det at få ham trukket over rælingen, og det var i sidste øjeblik. Næppe var den fremmede kommet ombord, før en bølge fik isflagen til at tippe. Slæden begyndte at glide, og den sidste overlevende hund havde ikke kræfterne til at kæmpe imod. Sammen med dens livløse artsfæller blev den trukket mod kanten og forsvandt kort efter i det mørke dyb. Den peb ikke engang, men lod sig uden lyd opsluge af havet, som om den blot så frem til at få fred.

"Der var De heldig," sagde Walton.

Den fremmede reagerede ikke.

De bragte ham ind i kabyssen, hvor han blev placeret på en

stol nær skorstenen fra komfuret, og forsøgte at gnide lidt varme ind i ham. Hans lemmer var stive af kulde, og han var så svækket og afmagret, at han ikke kunne stå på benene. Han trak vejret i hivende støn, mens han mumlede på et sprog, Walton ikke forstod. Fransk? Flere gange rullede den fremmedes øjne tilbage i hulerne, og Walton var sikker på, at han ville dø fra dem. Men en stædig gnist af liv holdt ved, og da det lykkedes at få lidt cognac og dampende suppe i ham, blev mandens vejrtrækning mere regelmæssig.

Waltons første indtryk havde været, at der var tale om en ældre mand, men ved nærmere eftersyn gik det op for ham, at han tog fejl. Det filtrede skæg, den udtærede krop og det plagede ansigtsudtryk havde snydt ham: Manden var på samme alder som Walton selv, måske endda yngre. Det blonde, krøllede hår gik ham til skuldrene og havde tydeligvis ikke set saks eller kam i umindelige tider.

For at blive fri for sømændenes nysgerrighed og lade staklen få den ro, han behøvede, fik Walton flyttet manden ind i sin egen kahyt.

"Kan De høre mig?" Kaptajnen trak en stol hen til bænken, hvor den fremmede lå og rystede under tæppet.

Først var der ingen reaktion. Så løftede han langsomt hovedet og stirrede på Walton med øjne, der var tindrende blå.

Nej, tænkte Walton. *Han stirrer* igennem *mig*.

"*Démon*," hviskede han. Ordet og udtalen var rigtigt nok fransk. Ikke et sprog, Walton beherskede, men dette ene ord forstod han udmærket, og for sit indre blik så han den sære skikkelse, der var dukket op på isen i går. Hverken dyr eller menneske, og sømændene havde mumlet nøjagtig samme ord.

Dæmon.

Pludselig sprang manden på benene og greb med forbløffende

styrke fat i kraven på Walton. Man skulle ikke tro, at han lige havde været – og formentlig stadig var – døden nær. Tæppet faldt af ham, og med en lynsnar bevægelse søgte mandens anden hånd ind under hans frakke og kom ud igen med en kniv.

Hans blå blik brændte af had og vanvid, og Walton nåede ikke engang at løfte hænderne op foran sig. Han havde forestillet sig mange farefulde måder, hans rejse kunne ende på, men ikke noget i nærheden af dette. Myrdet af et skelet af en mand, der var dukket op midt ude på ismassernes endeløse ødemarker.

Så glippede den fremmede med øjnene, og det maniske udtryk i hans ansigt smeltede. Hans læber begyndte at bævre, og kniven smuttede ud af hans hænder.

"Tilgiv mig," hviskede han, denne gang på engelsk. "Åh gud, tilgiv mig."

Han faldt hulkende sammen, og Walton, rystet helt ind i sit inderste, kunne ikke lade være med at tænke på, om det måske havde været bedre, hvis denne mand var blevet trukket med ned i polarhavet sammen med slæden og hundene.

Det var ikke sidste gang, den tanke slog ham.

KAPITEL 3

De næste dage bølgede mandens tilstand frem og tilbage. Han skiftevis kogte af feber og rystede af kulde, alt imens han talte i vildelse. Sommetider var ordene franske, andre gange engelske, det meste af tiden uforståelige. *Démon* gik igen flere gange. Det gjorde *Papa* samt navnene Henry, Elizabeth og William også. Af og til satte manden i et rædselsskrig, der fik senerne i hans hals til at spændes som reb, hvorefter han sank ned i en tung, dødlignende søvn. Eller også piblede tårerne fra hans lukkede øjne, som om han var det mest ulykkelige væsen, der nogensinde havde vandret på denne jord.

Den fremmede havde endnu ikke været i stand til at oplyse sit navn, men Walton kendte det allerede. Han havde fundet et brev i mandens frakkelomme. Det var skrevet for flere år siden af en Elizabeth Lavenza, der ifølge brevet var mandens kusine, men som ifølge ordlyden også var mere end det. Papirerne var krøllede og slidte, og nogle steder var blækket tværet ud. Det var i sin tid blevet sendt fra Genève i Schweiz til Ingolstadt i Tyskland, og det begyndte med en udtrykkelig bekymring for modtagerens helbred. Manden, de havde hevet ombord, havde åbenbart tidligere været alvorligt syg, men en god ven ved navn Henry Clerval havde taget sig godt af ham og havde i sine breve til mandens familie forsikret dem om, at patienten var i bedring.

Efter denne ængstelige indledning berettede Elizabeth om det glade liv hjemme i Genève. Om mandens lillebror, William, der var væsentligt yngre end sin bortrejste storebror. Om faren, der tilsyneladende var enkemand. Om husholdersken Justine, som Elizabeth nærmest betragtede som sin søster. Et dejligt brev fuldt af håb og glæde, hvis man så bort fra den utryghed, der blev indledt og afsluttet med.

Jeg er blevet i bedre humør af at skrive dette brev, kære Victor, men nu, hvor jeg slutter, vender min bekymring tilbage.

Victor. Og på konvolutten – hans efternavn.

Victor Frankenstein.

Walton læste brevet igennem flere gange, mens han vågede over den sære gæst, der stadig balancerede på kanten mellem liv og død.

Hvad er din historie, Victor Frankenstein? tænkte han. *Hvordan i alverden går det til, at en rigmandssøn fra Schweiz befinder sig på en isflage midt ude på polarhavet?*

Kaptajnen tændte sin pibe, mens han lyttede til den fremmedes forpinte stønnen og spekulerede på, om han egentlig ønskede at kende svaret.

* * *

"Hvor er jeg?" Stemmen var hæs og sprukken, ordene engelske med kun en svag accent.

Walton løftede blikket fra det endnu ufærdige søkort. Efter at isen var brudt op, var de sejlet videre, og korttegneren havde tilføjet nye streger. Konturen af en ukendt verden, der gradvist tog form. Den sære gæst ovre på bænken så langtfra rask ud, men hans pande var ikke længere flydende af sved, og øjnene syntes klare og fokuserede.

"De befinder Dem på mit skib." Walton foldede kortet sammen. Han tog flasken med cognac og skænkede et glas. Frankenstein satte sig op og tog imod det med et taknemmeligt nik. Skar en grimasse, da han sank den skarpe drik.

"Og hvor er Deres skib på vej hen?"

"Nordpå. Jeg ..."

"Med hvilket formål?"

Det var satans, tænkte Walton. *Jeg troede, det var mig, der skulle stille spørgsmålene.*

"Vi er på opdagelsesrejse med kurs mod Nordpolen."

Manden foran ham hævede et øjenbryn. "Ikke en ufarlig rejse."

"Hvo intet vover, intet vinder."

Frankenstein betragtede ham lidt. Walton kunne ikke tyde udtrykket i hans ansigt. Feberen var slået en smule ned, men der var stadig et skær af noget vildt i hans blik.

"En sælsom tanke, ikke sandt?" sagde Frankenstein.

"Hvorledes?"

"At midt i en verden af is og sne, med vidder og afstande, der kan gøre en svimmel, krydser vores veje hinanden. Man får en følelse af, at det ikke er et tilfælde. Hvis De ikke havde fundet mig – eller hvis jeg ikke havde fundet Dem – ville jeg være død nu."

Ja, i sandhed en sælsom tanke, og Walton havde kraftigt på fornemmelsen, at der var flere sælsomme ting i vente.

Frankenstein så ned på sine hænder, der åbnede og lukkede sig, som om de greb om noget, kun han kunne se. Et øjebliks tavshed. Så: "De skulle have ladet mig drukne, kaptajn. Dermed havde De gjort mig en større tjeneste."

Ikke ligefrem den tak, Walton havde forventet, men inden han kunne nå at sige noget, greb Frankenstein ud efter sin frakke og stak en hånd i inderlommen. Stivnede, da han ikke fandt, hvad han søgte.

"Er det dette, De leder efter?" Walton rejste sig og samlede brevet op fra skrivebordet. Han rakte det til Frankenstein, der tog imod det med et suk.

"De har læst det?"

"Jeg prøvede at finde ud af, hvad det var for en starut, vi pludselig havde med ombord. Og hvordan i alverden han var havnet ude på en drivende isflage i selskab med otte hunde, der nu ligger på havets bund. Ikke at læsningen gjorde mig meget klogere."

"Hele mit liv er i det brev." Frankenstein lod sine fingre glide hen over papiret. Ordene og bogstaverne, der var skrevet af en pige, der elskede ham.

Og som han elskede? tænkte Walton. Han havde altid set sig selv som en menneskekender, men manden foran ham var umådeligt svær at placere. Som et pendul, der svinger frem og tilbage.

Frankenstein mumlede noget, Walton ikke kunne høre. Så rakte han en hånd frem. Den var benet, frostbidt og rystede svagt. "De har læst mit brev, og De kender mit navn, kaptajn. Men tillad mig alligevel at hilse ordentligt på den mand, der frelste mig fra døden. Victor Frankenstein."

"Robert Walton," sagde Walton og trykkede den fremstrakte næve. "Velkommen ombord."

Han prøvede at slippe Frankensteins hånd, men den anden holdt fast. Iagttog ham med et borende blik.

"Har De eller nogen af Deres mænd oplevet noget besynderligt på rejsen?" spurgte han. "Har I observeret noget mystisk ude på isen?"

Walton mærkede noget koldt sno sig langs hans rygrad. Han nikkede. "I går aftes, lige før solen blev rød. Det lignede et menneske, men det var for stort. Og for hurtigt."

"Og for langt væk til, at De kunne se det ordentligt, går jeg ud fra?"

"Hvordan kan De vide det?"

"Fordi De ikke lyder mere skræmt, end De gør."

Walton mærkede sine håndflader blive svedige, og han trak sig fri af den andens greb. Sank den smule spyt, der havde samlet sig i hans svælg. "Hvad lavede De så langt ude på isen i en hundeslæde?"

"Jeg leder efter en, der er på flugt fra mig. Og nu hører jeg Dem sige, at De har set ham."

"Ham? Det *var* altså et menneske?"

"Et menneske?" Ordet blev hvisket ud i form af et spørgsmål. Noget i Frankensteins blik syntes at hærde, og hans vejrtrækning blev hurtigere.

"Hvem er han?" spurgte Walton. "Hvor kommer han fra?"

"Jeg kan ikke blive her." Frankenstein knugede brevet, så det krøllede, og forsøgte at rejse sig. "Mit gevær. Hvor er mit gevær? Jeg er nødt til at ..."

"De er nødt til at forholde Dem i ro." Walton greb fat i ham, inden manden ville falde ned på gulvet. "Kulden udenfor vil tømme Dem for de få kræfter, det endelig er lykkedes Dem at genvinde."

Den besynderlige gæst sank udmattet tilbage på bænken, gispende efter vejret.

"Det, der er derude," sagde Frankenstein, da han havde genvundet pusten, og denne gang var det ham, der tog fat i Walton. Prøvede at ruske ham, men havde ikke energien til det. "Det må dø. Hører De? Det må dø for hver en pris! Lad dine mænd holde øje dag og nat, og hvis de ser det, skal de skyde for at dræbe!"

"Jeg forstår stadig ikke, hvad vi taler om." Igen trak Walton sig løs af mandens hænder, der faldt slapt ned. "Før sagde De 'han', nu siger De 'det'. Hvad er det for en skabning?"

Frankenstein lukkede øjnene, og Walton var lige ved at tro, at han var faldet i søvn. Så gled øjenlågene op, og udtrykket i hans blik var anderledes end før. Det syntes at spidde Walton, der havde en ubehagelig følelse af at blive vejet på en vægtskål.

"Jeg havde tænkt mig at tage min historie med mig i graven," sagde Frankenstein. "Som så meget andet er det der, den hører hjemme. Men De, kaptajn, har fået mig på andre tanker. Måske kan min ulykke trods alt gøre en smule gavn. 'Hvo intet vover, intet vinder', siger De. Men hvad nu, hvis der ikke *er* noget at vinde? Hvad nu, hvis der ikke er guld for enden af regnbuen, men lutter rædsel? De reddede mit liv, og jeg er ikke i tvivl om, at De er et godt og ædelt menneske. Men hvorfor er De det? Hvem eller hvad har gjort Dem til den, De er? Hvor sidder sjælen, kaptajn? Hvor sidder sjælen?"

Frankenstein holdt en hånd op, inden Walton kunne nå at svare. Ikke at han vidste, *hvad* han skulle svare. Han havde det, som om manden foran ham igen var begyndt at tale i vildelse, og han havde absolut ingen ide om, hvilken retning denne snak ville tage.

Udenfor slog bølgerne mod skibet. Walton kunne høre mændene arbejde på dækket, men lydene var fjerne, som kom de fra en anden verden.

"Den skabning, De og Deres besætning så i går, er langtfra et menneske. Jeg skal fortælle Dem, hvad han er, og hvor han kommer fra." Frankenstein drejede hovedet mod det store vindue og det hvide landskab på den anden side. "Men hvor begynder man en historie som min? Med min fødsel i Genève? Eller med *hans* fødsel den dystre nat i november?" Han rystede langsomt på hovedet. "Jeg tror, den begynder et sted midtimellem, og ikke med en fødsel, men med en død. Men først … Har De mere af den cognac?"

Walton nikkede og hentede flasken. Han tog mandens glas og skulle til at skænke op, men Frankenstein rystede igen på hovedet.

"Jeg mente ikke til mig, kaptajn," sagde han. "Til Dem."

2

SKABEREN

KAPITEL 4

Min mor døde, da jeg var 17 år gammel. Jeg var ved at forberede min afrejse til universitetet i Ingolstadt, hvor jeg skulle studere naturvidenskab, da tragedien ramte vores lykkelige familie.

Elizabeth, som mine forældre adopterede, da hun var lille, og som derfor var vokset op hos os, var blevet alvorligt syg med skarlagensfeber. På de værste dage veg min mor ikke fra hendes side, og hendes kærlige pleje blev på en gang belønnet og straffet; Elizabeth kom sig, men få dage senere var min mor selv hed af feber. Hun døde en solrig dag i foråret.

Sammen med min far og Elizabeth sad jeg og holdt hendes hånd, da hun åndede ud for sidste gang, og jeg kan tydeligt genkalde mig følelsen. Sorg, naturligvis, men også harme. Det var ikke retfærdigt. Det var ikke retfærdigt, at en god og elskelig kvinde, der kun tre år tidligere var blevet mor igen, skulle miste livet på grund af en uselvisk handling. Hvad var det for en gud, der tillod den slags?

Gennem vinduet kunne jeg se min yngre bror, William, løbe rundt med en bold i haven. Han var for lille til at forstå, hvad der var sket. Han begreb ikke dødens endegyldighed, og min vrede tiltog ved tanken om, at han aldrig ville lære vores mor rigtigt at kende. For ham ville hun ikke være andet end et udvisket minde. Et maleri, der hang i stuen. En historie, der blev fortalt af os andre.

Jeg bad min far og Elizabeth om at få en stund alene med min mor. Som ikke længere var min mor. Livet havde forladt hende, og det, der lå tilbage i sengen, var et tomt hylster. Det, der havde været hende, var væk. Den hånd, jeg havde holdt, og som så ofte havde strøget min kind kærligt og trøstende, var nu en livløs ting.

Jeg forestillede mig, at hun åbnede øjnene.

Nej, det passer ikke. Jeg forestillede mig, at *jeg* fik hende til at åbne øjnene. Den proces, jeg lige havde været vidne til ... Den sidste udånding. Overgangen fra levende til død. Var det på nogen måde muligt at vende den om? At tvinge hjertet til at slå igen? At få blodet til atter at løbe i årerne? At sætte åndedrættet i gang, få hendes læber til at smile og hendes arme til at lægge sig om mig?

Hvad var det, der tændte livets gnist? Og kunne det lade sig gøre at kopiere processen?

Jeg har altid interesseret mig for den mere ... spektakulære side af naturvidenskaben, men det var i det øjeblik, at tanken for alvor rodfæstede sig. Dér, det gik op for mig, at dét skulle være målet for mine kommende studier. Så meget havde man allerede opdaget, men jeg ville opdage mere. Tænk, om jeg kunne fjerne det uopretteligt onde, som døden er, og gøre det menneskelige legeme usårligt. Tænk, om jeg kunne finde en metode, der kunne tøjle selve livets princip og omskabe dødt til levende.

Jeg ved ikke, hvor længe jeg blev stående der ved min mors

seng, men mørket var faldet på, da der lød en stemme henne fra døren.

"Victor?" Det var Elizabeth. Min fremtidige hustru. Det havde været min mors sidste ønske, at vi skulle gifte os, og jeg havde svaret, at der var intet, jeg hellere ville. Med spæd stemme havde hun talt om børnebørn og livet, der fortsatte, og jeg havde smilet, mens jeg græd indvendigt.

"Bebrejder du mig?" spurgte Elizabeth og stillede sig ved siden af mig.

"Bebrejder dig?" gentog jeg overrasket. "Hvad mener du?"

Så gik det op for mig. Hendes sygdom. Mor, der havde plejet hende og betalt den ultimative pris for det.

"Du godeste, nej." Jeg tog hendes hånd. "Sådan må du ikke tænke. Sådan må du *aldrig* tænke."

Hun nikkede, men sagde ikke mere. Det gjorde jeg heller ikke. Jeg agtede at opfylde det løfte, jeg havde givet min mor om at gøre Elizabeth lykkelig, men lige nu var det helt andre tanker, der optog mig.

Jeg forstod den blasfemiske karakter, mit sigte havde, og jeg fortalte ingen om mine planer. Ikke engang min bedste ven, Henry, som jeg havde kendt fra barnsben. Også han ønskede at studere ved universitetet, omend et helt andet felt end mit, og jeg havde sådan håbet på hans selskab. Hvis der var nogen, der kunne gøre mig i godt humør, så var det Henry. Men beklageligvis tvang hans far ham til at blive i Genève for at passe familiens købmandsgård.

En tidlig efterårsmorgen, nogle måneder efter min mors begravelse, tog jeg afsted.

De var der alle sammen. Min far med et stolt skær i blikket. Elizabeth med William på armen, stadig ny i rollen som mor. Henry, der trak mig ind i en omfavnelse, da jeg tog hans hånd.

"Jeg er ikke færdig med at overtale min far," sagde han, og jeg mærkede hans tommelfinger flytte sig og trykke på det bløde sted mellem min tommel- og pegefinger. Sådan havde vi gjort, siden vi var små. Vores hemmelige tegn for et afgivet løfte. "Det skal nok lykkes på et tidspunkt."

"Jo før, jo bedre," sagde jeg.

Jeg så på dem en sidste gang, inden jeg steg ind i diligencen, og når jeg tænker på dem, er det dét billede, jeg ser for mig. Smilende og vinkende og uvidende om den rædsel, der lurede på os alle.

Der skulle gå seks år, før jeg vendte hjem.

Seks år, og verden var ikke længere den samme.

Siden da har tanken ofte strejfet mig. Nej, jeg bebrejdede ikke Elizabeth for vores mors død, naturligvis gjorde jeg ikke det, men jeg kan ikke lade være med at spekulere. Hvad nu, hvis Elizabeth ikke var blevet syg? Så havde vores mor stadig været iblandt os, og jeg ville aldrig være gået den ugudelige vej i mine studier. Eller ville andre begivenheder alligevel have sporet mig ind på de baner? Er vores liv dikteret som begivenhederne i en bog? Er vi ikke andet end dukker, der dirigeres, og tråde, der trækkes i? Er vores vilje fri, eller er den styret som en isflage, der drives hen over havet af strømmen og bølgerne? Hvem eller hvad skaber os og de tanker, der falder os ind? De beslutninger, vi træffer?

Jeg ville ønske, at min mor ikke var død den dag.

Jeg ville ønske, at ...

* * *

Universitetet blev ikke bare mit nye hjem. Det blev mit liv. Dér, omgivet af tunge bøger, visioner og ideer, rodfæstede mit sigte sig yderligere. Jeg havde sat mig et mål, og intet kunne få mig til at afvige fra det. Henry havde måske kunnet få mine tanker i en anden, lysere retning, men Henry var der ikke.

I starten spurgte mine medstuderende mig flere gange, om jeg ville med dem på værtshus. "Al den lærdom har godt af at blive marineret i øl og kvindelår," sagde en af dem og forsøgte grinende at trække mig med. Jeg sagde, at jeg ikke var interesseret. "Fromme Frankenstein," lød det hovedrystende svar. "Du ved ikke, hvad der er godt for dig."

De gik én vej, jeg gik en anden, og efter nogen tid stoppede de helt med at spørge. Jeg vidste, at de hviskede bag min ryg. At de rullede med øjnene og betragtede mig som en særling. Jeg kunne ikke være mere ligeglad. Det var mig, som aviserne i sidste ende ville skrive om, ikke dem. Mig, der var ude på den store opdagelsesrejse, ingen tidligere havde foretaget.

Dage og nætter, uger og måneder forsvandt i bøger, studier, formler og forsøg. Forelæsningerne i universitetssalene om dagen blev afløst af mit eget fordækte arbejde om natten. Jeg sov kun lidt og spiste endnu mindre. Jeg modtog adskillige breve hjemmefra, men glemte ofte at besvare dem, ja, endda at læse dem. Sommetider forekom mit tidligere liv i Genève som noget, jeg havde drømt. Nu var jeg vågnet og måtte udnytte hvert øjeblik. Jeg arbejdede som besat.

Tvivlede jeg nogensinde på, om det, jeg havde sat mig for, kunne lade sig gøre? Ja.

Var jeg nogensinde ved at give op? Nej.

Hvert et nederlag, hver en blindgyde, hvert et fejlslagent eksperiment fik mig kun til at klø hårdere på. En dag standsede jeg en af professorerne på gangen og overfaldt ham med spørgsmål. Jeg havde ikke sovet hele natten, og jeg husker min tiltagende vrede og frustration over hans ubrugelige svar. Hvordan kunne de kalde sig selv lærde? De vidste jo ingenting!

"Hvad laver De?" spurgte jeg forvirret, da professoren pludselig veg tilbage med hænderne op foran sig.

Han rømmede sig og sænkede hurtigt armene. Så rystede han på hovedet og skyndte sig videre. Først senere gik det op for mig, at han i et øjeblik havde troet, at jeg ville slå ham.

For at finde årsagen til liv var jeg nødt til at ty til dets modsætning, og jeg tilbragte utallige timer i gravhvælvinger og lighuse for at observere og forstå kødets forfald. Jeg betragtede ormene, der åd af det, der engang havde været levende. Et mareridtsscenarie for nogen, men for mig var der noget overordentlig smukt ved processen. Det var årsag og virkning, der udspillede sig for øjnene af mig. Liv, der blev til død, og død, der blev til liv, og jeg følte mig mere hjemme i dette selskab end i forelæsningssalen med mine medstuderende. Og det var der i mørket, omgivet af dødens forrådnelse og livets opstandelse, at lyset en nat gik op for mig. Det var, som om solen brød igennem et tungt skydække, en ren, glasklar åbenbaring, og fra det ene øjeblik til den næste – tre lange år inde i mine studier – samlede alle brikkerne sig i mit hoved.

Jeg havde overværet forelæsninger – eller seancer er måske et mere korrekt ord – hvor fremtrædende videnskabsmænd, der var slået ind på de samme tankebaner som jeg, brugte elektriske impulser til at få døde dyr til at spjætte. Et frølår, der sparkede, en kattehale, der viftede. Det var dog ikke andet end simpel mekanik og havde intet med liv at gøre. Tæt på omsonst pjat, men ikke helt, og jeg indså, at løsningen på mit problem lå i kombinationen. Kombinationen af den moderne videnskab, kemiske processer, gamle alkymisters optegnelser og de umådelige kræfter, naturen omgiver os med.

Nærmere vil jeg ikke komme ind på det. Jeg fortæller min frygtelige historie, men den del af fortællingen afslører jeg ikke, om jeg så får en skarpladt pistol for panden. Livets hemmelighed vil dø sammen med mig, så ingen andre begår den samme fejl. Nogle gåder er det ikke meningen, man skal løse, men jeg … Jeg løste den. *Jeg løste den!*

KAPITEL 5

Mit indledende forsøg var med et hestehjerte, og jeg kan stadig se det for mig.

Først en livløs klump. Dødt, blodigt kød, intet andet.

Så …

Bevægelsen.

Lyden.

Hjerteslagene.

Det var levende. Det var dødt, og nu var det levende, og jeg havde lyst til at åbne vinduet og råbe min triumf ud over hele byen.

Den nat faldt jeg i søvn med et smil. Jeg drømte om min mor. Drømte, at hun åbnede øjnene og lagde sine arme om mig.

* * *

Andet forsøg – en hund.

Jeg så den fra vinduet i mit sovekammer. Jeg var vågnet tidligt og sad og grublede over, hvad mit næste skridt skulle være, da der lød et smertefuldt hyl. Jeg kiggede ned og så, at en gadekøter var blevet ramt af en diligence. Vognen skramlede videre hen over brostenene og forsvandt i morgendisen, mens hunden – en grå, forpjusket bastard – forsøgte at humpe væk. Den kunne ikke støtte på sit højre forben, og dens ryg så ud til at have fået et knæk. Efter få meter sank den sammen.

Jeg trak hurtigt i tøjet og løb ned på den endnu menneskefomme gade. Hunden lå der endnu, men den trak ikke længere vejret. På de få minutter, der var gået, var den død af sine kvæstelser, og jeg blev atter slået af den storhed, der er i både livet og døden – disse to brødre, der lever side om side uden nogensinde at mødes. En hårfin skillelinje, der var som en stålmur, intet menneske kunne bryde.

Bortset fra mig.

Lidt blod dryppede ud af hundens ene øre, da jeg samlede den op. Den var slap og tung i mine arme, og jeg spekulerede på, om livet kunne have en negativ vægt?

Jeg skyndte mig tilbage til kollegiet og mit laboratorium, som jeg i hemmelighed havde indrettet oppe på loftet, og anbragte det døde dyr på bordet. Hestehjertet havde jeg haft i en beholder med konserverende væske for at undgå forrådnelse, men det var ikke nødvendigt i dette tilfælde.

Hunden så fredfyldt ud, som den lå der. Det var ikke til at se, at de sidste minutter af dens liv havde været ren pinsel.

Jeg fandt de livgivende instrumenter frem, koblede dem til dyret og satte processen i gang. Med hamrende hjerte og svedige håndflader trådte jeg tilbage, mens jeg stirrede på hunden.

Et minut gik.

To.

Ingenting.

Ingenting.

Jeg forstod det ikke. Kunne jeg have forbundet instrumenterne forkert? Var der en løs forbindelse et sted? Duede mine beregninger ikke, når det gjaldt et helt legeme, der skulle vækkes?

Skuffet og frustreret skulle jeg til at koble instrumenterne fra. Så – i nøjagtig samme øjeblik som morgenens første solstråler skyllede ind i kammeret – åbnede hunden øjnene.

Den løftede hovedet en anelse og prøvede at rejse sig. Det kunne den ikke. Jeg havde hentet den tilbage fra de døde, men processen havde ikke haft nogen helende virkning, og hundens krop var stadig ødelagt efter mødet med vognhjulet. Rygsøjlen var knust, mindst to af benene var brækket, og de indre blødninger fik atter blodet til at løbe ud af dens øre. Så begyndte hunden at skrige. Skrige, som jeg aldrig har hørt noget væsen skrige før. Udtrykket i dens blik var en frygtelig blanding af rædsel, smerte og vanvid, og da jeg instinktivt forsøgte at berolige den, snappede den ud efter mig. Den forsøgte at kæmpe sig på benene. Nu piblede blodet også fra dens snude, og rød fråde skummede om munden.

Jeg stirrede på døren til kammeret, frygtede, at mine medstuderende om lidt ville komme løbende ind, hidkaldt af kræets skrækkelige hylen.

Jeg vendte mig atter mod hunden, der vred sig på bordet i usigelig lidelse. Igen var dens tænder lige ved at få fat i mig, da jeg greb den om nakken og med skalpellen skar dens strube over. Et øjeblik var jeg bange for, at jeg ikke ville kunne slå den ihjel. At det liv, jeg havde skænket den, ikke bare kunne slukkes igen.

Men det kunne det. Hunden sank sammen på bordet i en blodig bunke, død for anden gang.

Sveden haglede af mig, og mit hjerte slog som en næve i mit bryst. Jeg må have lignet en galning, som jeg stod der. Sølet til i blod med en skalpel i min rystende hånd – og et smil på læberne.

Det var lykkedes. Jeg havde gjort det. Jeg havde besejret selve døden, og jeg mærkede en svimlende fornemmelse indeni.

Jeg betragtede den elendige skabning, der igen havde fundet fred, mens jeg spekulerede på, hvad mit næste skridt skulle være. Ja, jeg kunne vække de døde, men til hvad nytte? Hvis de – ligesom hunden – var død af kvæstelser, eller hvis de – ligesom min mor – var død af sygdom, hvad var det så for et liv, jeg bragte dem tilbage til? Et smertehelvede, man kun ønskede at blive udfriet fra. Døden havde altid en årsag, og den årsag stod det trods alt ikke i min magt at ændre. Jeg kunne tænde livets gnist, men det involverede hverken en helende eller foryngende effekt.

Hvad skulle jeg da bruge min nyerhvervede viden til?

Svaret kom til mig, idet mit blik faldt på skabet med mine remedier og mit værktøj. For der – genspejlet i skabslågens mørke glas – så jeg mig selv. Et raskt og sundt menneske med mange år foran sig, og selv om det var længe siden, jeg havde bedt min aftenbøn, så kom jeg til at tænke på ordene fra skabelsesberetningen. Hviskede dem langsomt for mig selv, mens tanken tog form: "Og Gud skabte mennesket i sit billede. I Guds billede skabte han det."

Et menneske. Jeg ville skabe et menneske. Bygge det fra grunden. Det ville være det ultimative eksperiment, og når væsenet åbnede sine øjne – når det for første gang så livets lys – ville det hylde mig som sin skaber. Elizabeth havde ofte snakket om, hvor mange børn hun ønskede sig, men når jeg vendte hjem, ville jeg allerede være far, og mit smil voksede til latter, idet jeg strøg den døde hund over pelsen.

Snart ville mit navn være på alles læber.

* * *

Igen forsvandt jeg ind i min egen verden, denne gang endnu dybere end før.

Jeg forsøgte stadig at passe mine studier, men oftere og oftere blev jeg væk fra forelæsningerne under påskud af, at jeg var syg. En løgn, der var let at sælge, tænkte jeg, når jeg så det vrag, der mødte mig i spejlet. Mørke rande under rødsprængte øjne. Bleg, usund hud bag tjavset skæg. Mit natlige arbejde havde efterhånden sat sit aftryk og fik mig til at ligne en slavearbejder i minerne.

Mine medstuderende gik i større og større buer uden om mig, hvilket passede mig glimrende, men på et tidspunkt standsede en af dem foran mig. Ham, der i sin tid havde forsøgt at hive mig med på værtshus. Jeg kunne ikke huske hans navn.

"Hvad skal der blive af dig, Frankenstein?" spurgte han og skævede med et smil til sine kammerater, der stod et stykke væk. Som var henvendelsen en udfordring, han havde taget imod.

Jeg svarede ikke. Betragtede ham bare. Hans krops proportioner. Tænkte på at lægge et snit hen over hans brystkasse og tvinge ribbenene fra hinanden. Tænkte på at lægge hænderne om hans dunkende hjerte. Tænkte på, hvor mange slag der mon var tilbage i det. Hvad ville han sige, hvis han vidste, at jeg kunne slå ham ihjel og vække ham til live igen?

"Stakkels Frankenstein," sagde han og sukkede. Han havde pæne tænder. Et kønt ansigt. Hvorfor syntes jeg, det var kønt?

Hvad afgør, om noget er smukt eller grimt? "Du har jo fuldstændig glemt, hvordan man lever."

Jeg er ikke helt sikker, men jeg tror, at ordene fik mig til at smile. Måske endda le. "Nej," sagde jeg. "Men jeg har glemt, hvordan man dør."

Han stirrede på mig, som var jeg en af de sygdomsinficerede laboratorierotter. Så viftede han en hånd foran næsen. "Tag dig et bad, Frankenstein. Du stinker."

Han trak sig tilbage til sine kammerater. På denne afstand forvandlede min manglende søvn dem til formløse skikkelser, der gled væk som genfærd ved daggry. Jeg snusede til mit tøj og indså, at han havde ret.

Derefter gjorde jeg et halvhjertet forsøg på at rette lidt op på mit omdømme. Men selv når jeg mødte op til forelæsningerne, så var professorernes stemmer ikke andet end fjern summen i mine ører, for i tankerne var jeg et andet sted. I mit laboratorium i selskab med det væsen, jeg var ved at konstruere.

Jeg så intet andet.

Jeg hørte intet andet.

Jeg opfattede intet andet.

Den del er vigtig at forstå.

Jeg opfattede *intet* andet.

Det, jeg var ved at bygge … Det, der langsomt tog form på loftsværelset … Det var, som om jeg lagde brikker i et puslespil, og jeg så kun dem. Brikkerne. Jeg var så fokuseret på at få enkeltdelene til at passe sammen, at jeg ikke havde øje for selve *billedet.* Helheden. Og i takt med at nye ideer og påfund faldt mig ind, ændrede motivet sig radikalt. Jeg ved ikke, hvilken gal muse der inspirerede mig, men tanken slog mig allerede i eksperimentets tidlige fase: Hvorfor nøjes med at skabe et menneske? Hvorfor ikke skabe noget, der var *mere* end et menneske? En ny og forbedret art, der var mere robust, mere adræt, mere udholdende.

Gud skabte mennesket af jord, jeg kunne skabe det af jern.

Jeg indsamlede knogler og kropsdele fra lighuse, kirkegårde, hospitaler, dissektionsstuer og slagtehaller. I ly af mørket åbnede jeg tilsømmede kister og hentede hængte mænd ned fra galgerne.

Jeg besluttede mig for at gøre min skabning større end et normalt menneske og forlængede rygsøjlen med over en halv meter. Gav lemmerne et ekstra led som benene på en edderkop. Kraniet bestod af flere, som jeg svejsede sammen, så det passede proportionelt til det enorme korpus.

Jeg sammensatte skelettet først, blandede knoglerne fra mennesker og dyr, mest heste og okser. Dernæst blev muskler og sener hæftet på. Tarme, spiserør, mavesæk, lever, lunger, nyrer, hjerte. Nerver og arterier i et labyrintisk netværk. Øjeæbler og trommehinder, tunge, læber og tænder. Så hjernen, som der var plads til to af i det store kranium. Huden blev syet på med nål og tråd. Menneskehud, men visse steder dyreskind. Negle på fingrene, som jeg havde lavet syv af på hver hånd. Og blod. Spandevis af blod.

I halvandet år arbejdede jeg utrætteligt på mit projekt, som jeg holdt hemmeligt for alt og alle. Brevene fra min familie lå i en ulæst bunke på gulvet. Af og til faldt jeg i søvn på laboratoriet og sov hen over arbejdsbordet, omgivet af store kar med knogler, blod og indvolde.

Halvandet år, hvor mit eneste selskab var den skabning, jeg var ved at stykke sammen.

Halvandet år, hvor jeg var forsvundet fra omverdenen.

Havde jeg dog bare i løbet af den tid indset, at jeg også var forsvundet for mig selv.

KAPITEL 6

En dyster nat i november var min skabning omsider færdig. Jeg trådte dog ikke tilbage for at beundre resultatet af mit slid, for mit arbejde var endnu ikke tilendebragt. Først nu skulle mine anstrengelser for alvor stå deres prøve.

Jeg samlede livets værktøj og forbandt det til det kolossale væsen, der lå ubevægelig på arbejdsbordet. Regnen trommede hidsigt mod vinduerne, og lynene oplyste laboratoriet i skærende glimt, da jeg startede processen.

Mine hænder rystede. Nu kunne jeg ikke gøre andet end at vente.

Vågn op, tænkte jeg. *Vågn op.*

Vinden fik vinduesrammerne til at rasle, som om der stod nogen derude og krævede at blive lukket ind.

Vågn op!

I det samme bragede et kolossalt tordenskrald med en sådan styrke, at jeg mærkede gulvbrædderne dirre under mig. Endnu et lyn blitzede, og i det sekund, hvor alting var som skåret ud af det hvide lys, var det pludselig, som om jeg så skabningen for første gang. Som om det først nu for alvor gik op for mig, hvad jeg havde bygget.

Den massive brystkasse, der var dækket af gusten hud og lapper af dyreskind.

De vældige arme og ben, der kunne bøjes i umulige vinkler.

En gennemført grotesk krop, der var som noget fra en anden verden, en ujordisk hæslighed.

Men værst af alt ...

Hovedet ... Ansigtet ... Det deforme kranium, der var så forvredet i sine proportioner, at det kun svagt mindede om et menneskes. Næsen og det fremstående kæbeparti, der var som snuden på et rovdyr. Munden, der stod let åben og synliggjorde de dobbelte rækker af lange tænder. Stride totter af sort hår. Arrene og de grove sting, der bugtede sig som trådene i et flosset spindelvæv. Jeg havde samlet skabningen som et puslespil, og det var det, han lignede – et puslespil. Men et, hvor brikkerne ikke passede og var blevet tvunget sammen med djævlens vold og magt.

Jeg begreb ikke, hvad der var gået af mig, eller hvorfor jeg ikke havde indset det noget før. Men i det øjeblik stod det lige så klart for mig som lyset fra de gnistrende lyn.

Jeg havde ikke bygget et menneske.

Jeg havde bygget et mareridt.

Et monster.

I mine tanker så jeg hunden for mig. Hvordan den var vågnet og havde mistet forstanden af smerte og chok. Hvordan den havde snappet ud efter mig og sikkert ville være sprunget på mig, hvis den havde været i stand til det. Hvem vidste, hvordan dette afsindige væsen foran mig ville reagere? Jeg havde konstrueret det fra grunden, men sjælen ... Hvad med sjælen? Hvad, hvis denne skabning var lige så grufuld i sit indre som i sit ydre?

Vågn ikke op! tænkte jeg nu og løb frem for at koble instrumenterne af.

I det samme gennemrystedes rædselslegemet foran mig af en voldsom krampetrækning.

Et øjebliks stilhed, hvor det var, som om selve uvejret tav.

Så lyden.

Den forfærdende lyd af et tungt åndedrag.

De store øjenlåg begyndte at sitre.

Så gled de op.

Åh gud, øjnene. Sjælens spejl, siger man, men så havde dette væsen ingen sjæl, for der var intet at se i det rindende, mælkede blik. Øjnene var lige så døde, som da jeg havde placeret dem i kraniets dybe huler. Og dog var de levende.

Kvalmen og rædslen fik mig til at vakle, og bevægelsen fangede uhyrets opmærksomhed. Langsomt drejede det hovedet imod mig. Blinkede en enkelt gang. Savl dryppede fra den åbenstående mund, hvorfra der kom en rallende lyd.

Skabningen var spændt fast til bordet, men da den løftede armen, sprængte den læderremmen uden besvær. Den prøvede at sætte sig op, men kunne ikke koordinere sine bevægelser og faldt ned på gulvet. Den udstødte endnu en dyrisk lyd og begyndte at krabbe sig hen imod mig.

Den skræk, jeg følte, blev til ren panik, og jeg snurrede omkring, styrtede ud af loftskammeret, ned ad trappen og ind gennem døren til mit sovekammer, som jeg smækkede i bag mig. Hvad havde jeg gjort? Hvad i himlens navn havde jeg dog gjort?

Flere tanker blev der ikke tid til. Det sortnede for mine øjne, og jeg nåede lige akkurat at stavre hen til sengen, før jeg mistede bevidstheden.

Jeg drømte om Henry. Drømte, at vi var børn igen og løb hånd i hånd gennem græsset omgivet af mit hjemlands smukke bjerge. På et tidspunkt slap vores hænder hinanden, Henry sakkede bagud, og da jeg vendte mig om, var det ikke længere min barndomsven, der stod bag mig, men Elizabeth. Hun havde samme alder, som da jeg var rejst hjemmefra, og jeg lagde armene om hende, lukkede øjnene og kyssede hende. Men hun kyssede mig ikke tilbage, og da jeg åbnede øjnene igen, var det ikke Elizabeth, jeg holdt om, men min mor. Min døde mor, der havde ligget i graven i over fire år. Hendes hud hang i laser, og maddikerne vred sig i det blottede kød.

Vågn op, Victor, hviskede hun med en stemme fuld af jord.

Jeg vågnede med et sæt.

Det var stadig nat. Udenfor var uvejret stilnet af, og jeg lå musestille. Lyttede efter væsenets rumsteren oppe på loftet. Kunne ikke høre andet end mit eget dunkende hjerte.

Min flugt fra laboratoriet var foregået i blind panik, og jeg kunne ikke huske, om jeg havde lukket døren til loftskammeret efter mig. Jeg kunne dog huske, at jeg havde lukket døren til sovekammeret.

Nu stod den åben.

I det samme hørte jeg det. Det tunge åndedræt, lige i nærheden. Jeg drejede hovedet i lydens retning, og dér – i månens kolde lys, der skinnede ind mellem sprækkerne i vinduesskodderne – så jeg ham.

Det.

Uhyret stod ubevægelig i midten af rummet og stirrede lige på mig. Det *stod.* Hvor længe jeg havde været væk, vidste jeg ikke, men højst et par timer. På det korte stykke tid havde det dæmoniske lig allerede fået kontrol over sine lemmer. Så vaklede det stønnende imod mig – nøgen og hæslig – med fremstrakte arme og de modbydelige læber fortrukket i noget, der mindede om et grin.

For anden gang den nat flygtede jeg. I sidste øjeblik undveg jeg skabningens snappende hænder og styrtede ud af værelset, ned ad trapperne og ud i den mørke by. Løb, løb, løb, som om den onde selv var i hælene på mig. Tanken var næppe helt forkert.

Jeg søgte tilflugt i kirkens gårdhave og krøb sammen i skyggen af Guds hus, sitrende af rædsel.

Hvad skulle jeg gøre? Alle mine drømme var fra det ene øjeblik til det næste blevet til det stik modsatte. Et blasfemisk mareridt, der nu ravede rundt i min lejlighed.

Jeg må slå det ihjel, tænkte jeg. Aflive det, ligesom jeg havde aflivet hunden. Det var det eneste fornuftige at gøre, og det var ikke alene min pligt, det var også min ret, eftersom det var mig, der havde givet væsenet liv.

Men hvordan? Selv om det ikke var mere end få timer siden, skabningen havde taget sit første åndedrag, så kunne den allerede styre sine arme og ben, og den var både større og stærkere end mig.

Jeg blev, hvor jeg var, indtil morgenen gryede. Hvis skabningen var faldet i søvn, havde jeg forhåbentlig en chance. Natten føltes evig, og det var, som om det var en helt anden verden, der vågnede, end den, jeg havde befundet mig i dagen før.

Himlen var én stor, grå plade, og det var begyndt at regne igen. Jeg travede hvileløst rundt. Jeg vovede endnu ikke at vende tilbage til min lejlighed, og ved hvert gadehjørne begyndte mit hjerte at slå hurtigere ved tanken om, at *han* ville komme vraltende imod mig, hans arme udstrakte og med det vanvittige smil om læberne.

Jeg fortsatte på denne måde, indtil jeg kom til den kro, hvor dagvognene gjorde holdt. Jeg var sulten og tørstig og kold helt ind til marven, da mit blik faldt på en diligence, som ankom i det samme.

Jeg blev grebet af en ubændig lyst til at vende mig bort fra krostuen og i stedet sætte mig ind i en vogn og betale kusken for at køre mig hele vejen hjem til Genève. Tilbage til min familie og mine venner og mit barndomshjem, hvor alt var trygt og godt, og glemme alt om denne skrækindjagende nat.

Vognen foran mig gjorde holdt, døren gik op, og en mand steg ud. Jeg stirrede vantro på ham, overbevist om, at det måtte være min fantasi. En velsignet dagdrøm som modsvar til nattens rædsler, og jeg tog mig selv i at knibe mig i armen. Det var over fire år siden, jeg sidst havde set ham, men jeg genkendte ham øjeblikkeligt.

"Henry?" mumlede jeg.

Han vendte sig om, og ved synet af mig lyste min gamle barndomsven op i et overrasket smil. "Næ, nu har jeg aldrig ... Victor? Har du ligefrem stået og ventet på mig?" Han slog leende ud med armene. "Tænk, at du er det første menneske, jeg ser. Hvad er sandsynligheden?"

Jeg rystede på hovedet. "Hvad laver du her?"

"Har du ikke modtaget mit brev?"

Jeg vidste ikke, hvad jeg skulle svare. Jo, jeg havde givetvis modtaget hans brev, jeg havde bare ikke læst det.

"Fire års hylen og tryglen gav omsider pote," sagde han og tog imod kufferten, som kusken løftede ned fra taget. "Min far har ladet mig slippe for købmandsgården og tilladt mig at tage på opdagelsesrejse i kundskabernes land. Så nu kan vi to endelig være sammen igen, og jeg kan godt fortælle dig ..."

Det svimlede for mig, og Henry slap kufferten for at gribe fat i mig. Først nu lod min tilstand til at gå op for ham.

"Hvordan er det dog, du ser ud, Victor? Du ligner jo en, der ikke har lukket et øje i flere dage. Eller fået noget at spise lige så længe. Du er helt bleg og tynd."

Jeg åbnede munden, men ingen ord kom ud. Henry var min bedste ven, og jeg havde altid betroet mig til ham, men dette ... dette kunne jeg ikke fortælle. Dette kunne jeg ikke fortælle *nogen*.

"Du er jo gennemblødt fra yderst til inderst. Hvad laver du herude i regnen, kære ven?"

Jeg mumlede et eller andet, jeg ikke engang selv kunne forstå.

Han lagde en hånd på min pande, og bekymringen i hans blik tog til. "Du er ved at brænde op."

Han tog mig om skuldrene, og sådan gik vi gennem byen, indtil vi nåede kollegiet. Jeg havde det, som om jeg befandt mig i en døs, men da vi stod på trappen foran døren til min lejlighed, klarede mit hoved brat op. Skabningen kunne stadig være derinde, og min eneste tanke var, at Henry for alt i verden ikke måtte se den. Og at den ikke måtte se Henry.

"Vent her," sagde jeg.

"Hvorfor?"

Jeg pegede advarende – næsten truende – på ham. "Vent."

Han rynkede panden. Nikkede.

Jeg åbnede døren og løb op ad trappen uden nogen anelse om, hvad der ventede mig.

Døren til mit sovekammer stod på klem, og jeg blev stående udenfor og lyttede. Stilhed. Ingen slæbende skridt, ingen tunge åndedrag. Forsigtigt skubbede jeg døren op. Rummet var tomt, og der var ingen spor efter skabningen. Var den gået tilbage til laboratoriet? Søgt tilbage til sit fødested, som visse dyreunger havde det med at gøre?

Igen bad jeg til, at den var faldet i søvn og ikke ville høre mig, når jeg sneg mig ind på den med skalpellen i hånden.

Jeg listede op ad trappen til loftskammeret. Trådte helt ude i kanten for at undgå, at trinnene knirkede. Mit hjerte var en isklump i mit bryst.

Døren til laboratoriet stod på vid gab og hang skævt i hængslerne, der var bøjet ud af form. Jeg nærmede mig langsomt, og mere og mere af rummet kom til syne. Så tog jeg det sidste skridt og kiggede derind.

Det så ud, som om en storm var gået igennem lokalet. Bordet, hvor uhyret havde ligget fastspændt, var reduceret til splinter og pindebrænde. Mit værktøj lå spredt ud over gulvet sammen med slanger, rør, papirer og knuste kolber. Skabene var smadret, indholdet raget ned fra hylderne.

Men trods ødelæggelserne følte jeg lettelsen brede sig som en prikken ned over min hud. Loftrummet var tomt. Væsenet var væk.

Den prikkende fornemmelse tog til. Min puls slog hurtigere, jeg følte mig pludselig stakåndet, og da lyden undslap mig, troede jeg først, at det var gråd. Men det var latter. Syg, ubehersket latter og …

Så hørte jeg det. Lige bag mig.

Jeg turde ikke vende mig om, og da jeg mærkede hånden på min skulder, var jeg nær ved at skrige.

"Hvad er der i vejen, Victor? Hvorfor ler du på den måde?" lød Henrys stemme bag den brusende lyd i mine ører. Så gispede han. "Du godeste, hvad er der dog sket?"

Et øjeblik kunne jeg slet ikke sige noget.

"Jeg mistede besindelsen," hørte jeg så mig selv hviske. "Mit eksperiment … Mit eksperiment gik galt."

Henry sagde noget mere, men ordene blev – ligesom alt andet – væk i den mørke tåge, der endnu en gang skyllede ind over mig fra alle sider.

KAPITEL 7

Jeg har siden ofte spekuleret over, hvorfor jeg reagerede, som jeg gjorde den nat. Skabningens udseende kom jo ikke bag på mig. Heller ikke, at det åbnede øjnene og trak vejret. Det var netop det, jeg havde arbejdet mig frem imod, så hvorfor føltes det, som om mit eksperiment slog fejl i nøjagtig det sekund, det lykkedes? Hvorfor flygtede jeg, som et skræmt kid flygter fra løven?

Jeg tror, at svaret gemmer sig i selve spørgsmålet. Rent instinktivt frygter kiddet løven, og den forfærdelige nat skar det som en ragekniv igennem min bevidsthed, tanke og fornuft i form af den skinbarlige sandhed: Jeg vidste – ikke med mit intellekt, men med mit instinkt – at skabningen var den rene ondskab. Også selv om beviserne først kom langt senere. Så langt, at det næsten lykkedes mig at glemme, hvad jeg havde sat i verden.

* * *

Den næste tid var en blanding af mareridt og tågede glimt af noget, som måske var virkelighed. Tiden opløstes, som når man falder hen og ikke ved, om der er gået fem minutter eller fem timer, når man vågner igen. Sådan havde jeg det også, da jeg en tidlig morgen slog øjnene op og følte mig nogenlunde klar i hovedet. Min sidste tydelige erindring var synet af mit ødelagte laboratorium og Henrys hånd på min skulder. Nu lå jeg i sengen på mit sovekammer. Ved siden af – på en madras på gulvet – lå Henry og sov. Var det blot dagen efter?

Lydløst trådte jeg hen over Henry og forlod værelset. Gik op til loftskammeret, hvor jeg stoppede forbavset op i døråbningen. Der var ikke det mindste spor af ødelæggelserne. Resterne af det knuste bord var væk, gulvet var fejet rent, og skabslågernes glas skinnede som nypudsede.

Jeg vidste, at jeg havde været syg, men hvor længe? Hvornår var virkelighed blevet afløst af feberskabte drømme? Måske troede jeg bare, at det var lykkedes mig at finde et middel mod døden. Måske havde den del også været en drøm, og måske havde jeg slet ikke brugt flere måneder på at strikke et væsen sammen, der var så gruopvækkende, at det kunne drive enhver fra forstanden. Jeg klamrede mig til det spinkle håb, men kort efter vågnede Henry og fortalte, at det var ham, der havde ryddet mit laboratorium op.

"Hvilken dag er det?" spurgte jeg.

"Mandag."

"Mandag? Har jeg været væk i fire dage?"

Han så på mig, som om der pludselig var vokset horn ud af panden på mig. "Vi er ikke længere i november, Victor. Det er mandag den ottende april."

Et øjeblik troede jeg, at han lavede sjov. Så løb jeg hen til vinduet. Gispede. Sidst jeg havde kigget ud, havde træernes grene været nøgne, og efterårsbladene ligget i klumper i rendestenene. Nu brusede en mild vind gennem trækronerne, hvor unge knopper var ved at åbne sig, og på himlen stod solen allerede højt. Jeg havde ikke kun været væk i fire dage, men næsten et halvt år! Jeg kunne ikke tro det, men det … det var i det mindste en god nyhed.

Et halvt år.

Uhyret havde forladt lejligheden den nat, men i modsætning til mig var det ikke vendt tilbage. Hvilket måtte betyde, at det var dødt nu, omkommet af sult og tørst. Måske var det flygtet hele vejen ud af byen og faldet om et sted ude i skoven. Gad vide, om nogen havde fundet det bizarre lig?

Jeg faldt Henry om halsen og kunne ikke holde tårerne tilbage.

"Hvad skete der, Victor?" spurgte han. "Hvad i alverden arbejdede du på, og hvorfor sled det sådan på dig?"

"Det er slut," sagde jeg og stirrede mod det sted, bordet havde stået. Instrumenterne. Skabningen. Nu – en tom plads. "Det er det eneste, der betyder noget. Det er slut, og jeg ønsker bare at glemme det hele."

Jeg kunne se, at Henry skulle til at protestere, og jeg skyndte mig at dreje samtalen over på noget andet: min familie hjemme i Genève. Henry fortalte, at de havde det godt. Han havde skrevet til dem, at jeg var blevet syg, men ikke, hvor slemt det faktisk stod til.

"De trænger til at høre fra dig, Victor," sagde han og rakte mig brevet fra Elizabeth.

Mellem sine bekymringer om mit helbred skrev hun så dejligt om tilværelsen derhjemme, at det igen bragte tårerne frem i mine øjne. Bortset fra at William ikke længere var en lille dreng, men "ved at være en stor krabat", så var alt ved det gamle. Det var, som om min families liv var blevet sat på pause, mens mit eget havde flyttet sig med syvmileskridt. Flyttet sig i en retning, jeg frygtede, jeg ikke kunne finde tilbage fra.

Jeg gjorde, som Henry opfordrede mig til, og skrev et brev til dem. Der stod, at jeg havde fået det bedre, og at jeg snart ville komme hjem.

Men det gjorde jeg ikke. Jeg var stadig for svag til rejsen, og de næste uger, der efterhånden blev til måneder, brugte jeg på at komme mig helt. At finde tilbage. Det var i høj grad Henrys fortjeneste, at det lykkedes. Sammen med ham begyndte jeg atter at nyde livet på en måde, jeg ikke havde gjort siden min mors død.

En lille flok af mine medstuderende sad og spillede terninger ved et bord, første gang vi troppede op på kroen. De så overraskede på mig, og en af dem bankede i bordet og udbrød, at nu stod verden sgu da heller ikke længere! "Fromme Frankenstein, genopstanden fra de døde!"

Jeg skulle til at vende om, men Henry greb fat i mig.

"Fromme Frankenstein?" hviskede han og så på mig med et skævt smil og et hævet øjenbryn. "Hvordan pokker er det lykkedes dig at bilde dem det ind?"

Han trak mig med hen til deres bord og præsenterede sig med et buk. Kort efter sagde han et eller andet, der fik hele flokken til at brøle af latter.

"Det lader til, at d'herrer kun har set én side af min gode ven her," sagde han og trak to stole hen til bordet. "Tillad mig at vise Dem en anden."

Med et opgivende suk lod jeg Henry føre ordet, og før jeg vidste af det, var natten forsvundet i sang og druklege. Første gang jeg lo, kom det helt bag på mig.

Fromme Frankenstein og Herlige Henry blev hurtigt faste stamgæster i kroen.

Da jeg endelig følte mig frisk nok til at sætte kursen mod Genève, kom efteråret og vejret i vejen. Tidlig sne gik over i hård vinter, og min hjemrejse måtte udskydes til foråret. Hændelsen den mørke nat i november gled længere og længere bort. Der var nu gået over et år, og episoden kunne lige så vel aldrig have fundet sted.

Jeg ville brænde min dagbog for at slette optegnelserne om min ugerning, men den havde ligget i lommen i min frakke, som jeg ikke kunne finde nogen steder. Havde jeg taget frakken med mig, da jeg i rædsel var flygtet fra kollegiet? Kunne jeg have tabt den på vejen? Jeg kunne ikke huske det, timerne fra den nat var uklare og diffuse, men Henry sagde, at jeg ikke havde haft nogen frakke på, da jeg mødte ham ved diligencen. Lige meget. Ligesom uhyret var den væk, og det var dagbogen dermed også, og for en tid var alting godt.

Så – en dag i maj, halvandet år efter mit uhyrlige eksperiment – modtog jeg et brev hjemmefra. Det lå foran min dør, da Henry og jeg kom hjem efter en længere rejse rundt i Ingolstadts omegn. Det havde været Henrys forslag, at jeg på den måde tog afsked med området, der i så lang tid havde været mit hjem. Jeg fortalte ham ikke, at jeg næppe havde forladt universitetet de sidste seks år – kun i ly af mørket for at besøge døde mennesker.

Brevet, der ventede på mig, da vi kom tilbage, var skrevet af min far, og hans gamle hånd havde rystet så meget, at nogle af ordene næsten ikke kunne læses.

Grufulde, uvirkelige ord.

Rummet begyndte at dreje omkring mig.

"Victor?" Henrys stemme, langt borte. "Hvad er der galt?"

"Det er min lillebror." Min egen stemme, endnu længere borte. "Han er død."

"D-død?"

"Myrdet."

Brevet var dateret tolvte maj, hvilket var lige efter, at Henry og jeg var taget afsted to uger tidligere. Den forfærdelige hændelse, det berettede om, var indtruffet fem dage forinden.

Næsten tre uger. Så længe havde lille William været død, og jeg havde ikke anet det. Havde levet mit eget liv sammen med Henry, mens William – 500 kilometer derfra – blev kvalt ihjel.

Den aften, forbrydelsen var sket, var min far, Elizabeth og William gået en tur i Plainpalais, et naturskønt område lidt uden for byen. Vejret var godt, og de havde gået længere, end de plejede. På et tidspunkt var min fars knæ begyndt at gøre vrøvl, så han og Elizabeth havde sat sig på en bænk, mens William løb afsted for at gå på opdagelse. Det plejede han at gøre, og her tilføjede min far, at *"på det punkt ligner drengen dig, Victor."*

Ligner, skrev han. Ikke lignede. Som om han et øjeblik havde glemt, at William fra nu af skulle omtales i datid.

Efterhånden bredte tusmørket sig, men William vendte ikke tilbage. Elizabeth gik ud for at lede efter ham. Min far kunne høre hende kalde, men han kunne ikke høre William svare, og han begyndte at blive urolig. Han sluttede sig til Elizabeth, og de ledte, indtil mørket lå tæt. Elizabeth foreslog, at William måske var gået tilbage til huset, så de skyndte sig hjem.

Der var han heller ikke.

Kunne han have været ude for en ulykke? Måske var han faldet ned fra et træ eller sad fast i en klippehule et sted. De vendte atter tilbage til området, denne gang med fakler, og snart sluttede flere folk sig til eftersøgningen. Den varede hele natten.

Det blev min far, der fandt ham.

Klokken var seks om morgenen, og solen begyndt at stå op, da han fik øje på noget, der lå i græsset mellem to døde nåletræer.

William. Kold og stiv og med morderens mærker på sin hals.

På dette sted i brevet blev min fars håndskrift nær ulæselig, og hans tårer havde tværet blækket ud.

Han bar den livløse dreng hele vejen hjem, og selv om han forsøgte at forhindre Elizabeth i at se ham, insisterede hun. Hun trængte ind i værelset, hvor liget lå, undersøgte hans hals og jamrede så højt, at alle i huset kunne høre det: "Jeg har slået ham ihjel! Åh gud, jeg har myrdet den kære dreng!"

Derefter besvimede hun.

Oprevet forsøgte min far at kalde hende tilbage til bevidsthed. Han begreb ikke, hvad hun havde ment.

Da Elizabeth kom til sig selv igen, græd hun utrøsteligt, og det tog et stykke tid, før min far blev klar over, hvad hendes udbrud skyldtes: Den morgen, William havde mødt sin morder, havde han plaget hende om at få lov til at gå med en værdifuld medaljon, der indeholdt et billede af vores mor. Til sidst havde Elizabeth givet efter – sammen med en formaning om, at han skulle passe godt på den. William havde gjort honnør og sagt, at han ville forsvare den med sit liv. Nu var medaljonen væk, og Elizabeth forstod, at det var guldsmykket, der havde fristet morderen.

Min far afsluttede brevet med indtrængende at bede mig om at komme hjem, de havde brug for mig. Især Elizabeth, der anklagede sig selv for at være skyld i Williams død.

"Åh nej," hviskede Henry, da han havde læst brevet. "Stakkels dreng. Stakkels, stakkels dreng. Hvem kan dog finde på at gøre sådan noget?"

Jeg forestillede mig den rædsel, min lillebror måtte have følt. Morderens hænder, der lukker sig om hans hals. Hans øjne, der ruller tilbage i hulerne. Mørket, der skyller ind over ham. Ja, hvem kunne finde på at gøre sådan noget? Hvilken slags menneske var i stand til at begå så afskyelig en ugerning? Hvordan kunne man leve med sig selv bagefter?

"Hvad har du tænkt dig at gøre, Victor?"

"At tage hjem."

* * *

Næste morgen efterlod jeg min bedste ven i Ingolstadt, og jeg så først ham og dernæst byen forsvinde bag mig.

Noget sagde mig, at jeg aldrig ville vende tilbage til universitetet og mine studier. At jeg med hjemrejsen for evigt lukkede dette kapitel af mit liv.

Havde jeg dog bare kunnet undgå at bladre videre til det næste.

KAPITEL 8

Uden for diligencen gled landskabet forbi, men jeg lagde knap nok mærke til det. Mit blik var rettet indad. I mine tanker var William stadig en lille knægt på tre år, selv om han havde været ni, da han mistede livet for et guldsmykke. Havde jeg mødt ham på gaden, ville jeg næppe have genkendt ham, ligesom han ikke ville have genkendt mig. Nu ville vi aldrig lære hinanden at kende, og jeg ville lyve, hvis jeg påstod, at tanken ikke strejfede mig. Tanken om, at jeg kunne få min lillebror til at slå øjnene op igen. På de seks år, der var gået fra min mors bortgang til Williams, var det lykkedes mig at knække livets og dødens kode, og jeg vidste, at jeg var i stand til det.

Bortset fra at ...

Nej.

Der var gået næsten tre uger. William havde været død for længe. I gravkamrene havde jeg med egne øjne set, hvordan døden opløste menneskekroppen indefra. Hvordan bakteriernes afføring farvede huden grøn. Hvordan legemet svulmede op, fordi der dannedes gasser inde i tarmene. Hvordan cellevæsken trængte op og samlede sig i store blærer i huden, der blev så porøs, at der ikke skulle mere end en let berøring til, at den ville glide af. Desuden ville ormene og larverne allerede nu have spist det meste af hans indvolde og muskler.

Det var ikke min lillebror, jeg ville vække, men et levende lig. Tanken fik gåsehuden til at krybe op ad mine arme.

* * *

Mørket var faldet på, da jeg omsider ankom til Genève, øm i ryggen efter de mange timer i vognen.

Det var sært at se min hjemby vokse frem af mørket. De dunkle bjerge og søerne, der spejlede himlens stjerneflor. Seks år tidligere var jeg taget afsted med et hjerte, der brændte af ambition, og jeg havde troet, at når jeg engang vendte tilbage, ville det være et gyldent øjeblik. At hele byen ville modtage mig med klapsalver og hurraråb for det hjemvendte bysbarn, hvis revolutionerende opdagelser havde vendt op og ned på videnskaben, som vi kendte den.

I stedet ankom jeg som en skygge blandt skygger under månens knogleblege skær til en byport, der var lukket for natten.

Jeg bad kusken køre til Secheron, en lille landsby, der lå knap en kilometer derfra, hvor jeg indlogerede mig på en kro.

Jeg gik op på mit værelse, lagde mig på sengen og prøvede at falde i søvn. Det var umuligt. Jeg kunne ikke finde ro, hverken i krop eller tanke, og da himlen til sidst begyndte at gløde i øst, havde jeg stadig ikke lukket et øje.

Der var endnu et stykke tid til, at byportene åbnede, så jeg besluttede mig for at se stedet, hvor William var blevet fundet. Da jeg ikke kunne komme dertil gennem byen, var den eneste mulighed at krydse søen i båd.

Der lå en gammel jolle nede ved bredden, og jeg skubbede den ud i vandet, tog årerne og satte kursen mod Plainpalais. Over mig burde himlen have fortsat med at lysne, men det gjorde den ikke. Tværtimod blev den mørkere og mørkere, som om natten havde fortrudt og var ved at falde på igen. Tunge skyer kom rullende ind over bjergene. Det regnede ikke, men lynene begyndte at springe og tegne siksakmønstre på den fløjlssorte baggrund. De spejlede sig i søens vand, så det så ud, som om jeg sejlede afsted på et tæppe af ild. Det buldrede højere og højere, og da jeg nåede den modsatte bred, var uvejret hele vejen rundt om mig. Jeg følte mig på en gang som en skuespiller på den store scene, centrum forgudernes opmærksomhed, og som et lille dyr, trængt op i en krog.

Jeg trak båden op på land og bevægede mig op ad de snirklede stier. Min far havde skrevet, at William var blevet fundet i græsset mellem to døde nåletræer, og jeg havde en god ide om, hvor det var. Jeg havde også været barn engang og leget i samme område, og jeg kendte stedet som min egen bukselomme. Et sted, jeg altid havde forbundet med lys, glæde og eventyr. Nu – mørke, sorg og rædsel.

Regnen brød løs, netop som jeg nåede frem til gerningsstedet. De tunge dråber piskede ned, som var det syndfloden om igen, og knuste bladene på de blomster, nogle venlige mennesker havde lagt på jorden.

Lige her.

Lige her havde min lillebror mistet livet, før det rigtigt var begyndt.

Lige her havde nogen lagt sine morderiske hænder om hans hals.

Jeg drejede hovedet i et ryk. Stirrede mod en klynge træer på bjergskråningen omkring tredive meter væk.

Var det den silende regn, der slørede mit udsyn, eller så det ud, som om et af træerne bevægede sig?

I det samme flængedes himlen af endnu et lyn. Verden gik fra sort til hvid, og en skikkelse trådte frem mellem stammerne. Den vendte sig mod mig og stod et øjeblik fuldkommen blottet under den gnistrende himmel.

Det føltes, som om mine ben forsvandt under mig.

Det var ham. Der var ingen tvivl. Den gigantiske størrelse og det groteske udseende stod som mejslet i det blitzende lys.

Skabningen.

Monstret.

Han var ikke død, som jeg havde troet. På en eller anden måde havde han overlevet, og jeg begreb ikke, hvordan det kunne lade sig gøre. Han var klædt i noget, der lignede en laset kutte og …

Så ramte sandheden mig som et af lynene fra himlen. Hvad det var, han med sin tilsynekomst ønskede at fortælle mig.

Det var ham, der havde gjort det! Det var ham, der havde slået min lillebror ihjel! Han havde ventet på mig, vidst, at jeg på et tidspunkt ville dukke op, så han kunne vise sig for mig og på den måde lade mig forstå, at han var Williams morder.

Men hvorfor? Og hvordan kunne det overhovedet lade sig gøre? Hvordan var han kommet hele vejen til Genève?

Jeg tog et vaklende skridt hen imod ham. Smilede han? Jeg var for langt væk til at kunne se det, men jeg var overbevist om, at det forholdt sig sådan.

Så satte skabningen i bevægelse. Han løb hen til den nærmeste bjergside og klatrede op ad den næsten lodrette væg med en adræthed, intet normalt menneske kunne mønstre. Ved det næste lynglimt var han væk.

Det var, som om mine tanker var blevet opløst i regnen. Jeg forstod intet. Intet overhovedet.

Kun dette:

Det var ikke Elizabeth, der var skyld i Williams død.

Det var mig.

KAPITEL 9

Jeg kan slet ikke huske min tur tilbage over søen, kun at uvejret stilnede af, netop som jeg trak den lånte båd op på land. Kort efter brød solen igennem skydækket, der forsvandt lige så hurtigt, som det havde samlet sig, og forsøgte at varme min kolde krop. Forgæves. Jeg frøs helt ind i hjertet.

Halvandet år var der gået uden noget tegn på, at den forfærdelige nat nogensinde havde fundet sted. Halvandet år, hvor uhyret havde været som sunket i jorden. Og så pludselig – ud af intet – dukkede bæstet op i min hjemby, fem hundrede kilometer væk fra dets fødested og med min lillebrors blod på hænderne. Det kunne umuligt være et tilfælde, men jeg havde ikke fantasi til at forestille mig, hvordan det hang sammen.

Tilbage på kroen skiftede jeg til tørt tøj, pakkede mine ting og satte kurs mod byporten, der i mellemtiden var blevet åbnet.

Da jeg fik øje på min fars hus, gik jeg kortvarigt i stå. Jeg havde været fast besluttet på at fortælle ham og Elizabeth det hele. At det var mig, der havde skabt det uhyre, som af uvisse årsager havde myrdet William. Men ved synet af mit barndomshjem mærkede jeg min beslutsomhed slå sprækker.

Hvordan ville jeg selv reagere, hvis jeg hørte samme historie? Et væsen bygget af døde kroppe, kravlende som en bjergløve på utilgængelige klippesider?

Det ville lyde som en gal mands tale. Jeg havde ikke delt mine tanker og studier med nogen, og min familie havde ingen anelse om, hvad jeg havde knoklet med i alle disse år. Til gengæld vidste de, at jeg havde reddet mig en slem omgang nervefeber, og der var langt større chance for, at de ville tro, at min bekendelse var rent sygdomsfantasteri. Skabningen havde vist sig for mig, men jeg var temmelig sikker på, at han ikke havde vist sig for andre.

Bortset fra William.

Jeg bankede ikke på, men låste døren op med min gamle nøgle og trådte ind i det mørke, tavse hus. Den eneste lyd kom fra standuret i entréen. Det store pendul, der svingede frem og tilbage og fik tandhjulene til at flytte sig. Tiden gik trods alt, selv om man næsten ikke skulle tro det. Stedet lignede sig selv, jeg kunne have forladt det i går.

Men selv om huset ikke havde forandret sig, var det heller ikke længere det samme.

Intet var længere det samme.

Jeg fandt min far inde i biblioteket, hvor luften føltes trykkende og beklumret trods det åbne havevindue. Han sad i lænestolen og kiggede på maleriet af min mor, som stod på kaminhylden. Det var malet efter min fars ønske, og jeg havde altid tænkt, at det var et besynderligt motiv. Uhyggeligt, ligefrem. Det viste min mor, der knælede ved min morfars åbne kiste. Der var sorg i hendes ansigt, men også en værdighed, der lod beskueren forstå, at sådan måtte det være. Døden var et livsvilkår, og det kunne intet menneske ændre på. Jeg havde pludselig lyst til at flå maleriet fra hinanden.

"Victor." Min far kom usikkert på benene. Huset lignede muligvis sig selv, men han så til gengæld ud, som om han var ældet med dobbelt hast. Håret var snehvidt, rynkerne dybe og mange. Et skælvende smil formede sig på hans læber, men det nåede ikke i nærheden af hans forgrædte øjne. Jeg frygtede, at de ikke ville være i stand til at smile mere, de øjne. "Velkommen hjem."

Jeg trådte ind i min fars omfavnelse og mærkede, hvor tynd han var blevet. Jeg kunne tælle hans knogler, hvilket fik mig til at gyse.

"Hvor er jeg glad for at se dig igen." Han lod sine fingre glide ned over mit ansigt, som om han var usikker på, om jeg virkelig var der.

Jeg spekulerede på, om han også ville være glad for at se mig, hvis han vidste, hvad jeg havde gjort. Hvad jeg var skyld i.

"Var du bare kommet hjem for en måned siden," sagde han. "Så ville du være trådt ind i et lykkeligt hjem, fuldt af liv og latter. Din lillebror, han glædede sig sådan til at se dig igen. Han ... han ..." Ordene blev til tårer, der løb ned ad hans indsunkne, ubarberede kinder.

I går ville mit første spørgsmål have været, om de havde fanget gerningsmanden. Nu vidste jeg, at det havde de ikke. Jeg vidste også, at jeg burde stille spørgsmålet alligevel – det ville være mærkeligt, hvis jeg ikke gjorde – men jeg kunne ikke få mig selv til det. Jeg følte allerede, jeg spillede komedie alene med min tilstedeværelse.

"Hvor ligger han begravet?" spurgte jeg.

"Ved siden af din mor. Det er i det mindste en trøst. At hun blev forskånet for at opleve denne ulykke."

"Hvordan har Elizabeth det?"

Min far vendte tilbage til lænestolen og satte sig med et støn. Trods sit værkende knæ havde han båret sin døde søn hele vejen hjem, og nu betalte han prisen.

"Hun anklager stadig sig selv. Jeg har prøvet at fortælle hende, at hun ikke gjorde andet end at gøre William stolt og glad. Men ordene preller af, og hendes selvbebrejdelse er kun blevet værre, efter at morderen blev arresteret."

Det gav et sæt i mig. "Har man fanget morderen? Men ..." *hvordan er det lykkedes dem at pågribe ham?* var jeg lige ved at spørge. Tav så, idet jeg indså, at noget ikke stemte. Hvis min far vidste, at de havde fanget morderen, så vidste han også, at der ikke var tale om noget almindeligt menneske, og han ville have nævnt den del som det første.

"Hvem er han?" spurgte jeg og følte en krybende kulde brede sig indeni.

"Ikke han," svarede han. "Hun. Jeg kunne ikke tro det, da jeg hørte det. Jeg ..."

"Hvem, far?"

Han lukkede øjnene, som om han næsten ikke kunne få sig selv til at sige det. "Justine."

Jeg stirrede lamslået på ham. Justine? Vores mest værdsatte – nej, vores *elskede* tjenestepige, som havde været i huset, siden hun var tolv år gammel? Justine, der ikke bare var en husholderske, men som blev betragtet som en del af familien? Kære, søde Justine, der kun var nogle år ældre end Elizabeth og mig, og som altid havde kunnet kurere mit dårlige humør med et enkelt blik og et varmt smil?

Jeg huskede, at Elizabeth havde omtalt hende i sit brev. At Justine havde været nødt til at forlade vores familie kort efter min afrejse til Ingolstadt. Hun var blevet kaldt hjem til sin mor, og hun havde grædt, da hun havde pakket sine ting, ulykkelig over, at hun var nødt til at tage afsted. Justine havde været borte næsten lige så længe som jeg, men efter at hendes mor var død i vinter, var hun vendt tilbage til huset. Det havde været en glædens dag, havde Elizabeth skrevet. Men nu … Nu troede de, at det var Justine, der havde slået William ihjel. Hvorfor?

"Det kan ikke passe," sagde jeg.

Min far rystede på hovedet. "Det var også min første tanke."

"Victor?"

Jeg vendte mig om. Elizabeth stod i døren, og endnu en gang blev det tydeligt for mig, hvor mange år jeg havde været væk. Elizabeth havde været en køn pige, da jeg tog hjemmefra. Nu var hun en smuk kvinde.

"Du er næsten ikke til at kende," sagde hun. Hun trådte hen til mig og strøg mit skæg, mit hår.

"I lige måde." Jeg holdt hende tæt ind til mig.

"Har du hørt det?" hviskede hun. Nej, hun *hvæsede* det. "Har du hørt, hvem der gjorde det?"

"Det er ikke hende," sagde jeg. "Justine er uskyldig. Der er tale om en fejl. Jeg ved ikke, hvorfor I tror, at hun gjorde det, men jeg er sikker på, at … Nej, jeg *ved*, at …"

"Der er beviser, Victor." Elizabeth slap mig og trådte tilbage. Jeg så hende i øjnene. De var fulde af sorg. Og vrede. Had, ligefrem. "Det var mig selv, der fandt den."

Så fortalte hun mig, hvad der var sket.

Justine havde også været ude og lede efter William den pågældende aften. Eller *lade,* som om hun ledte efter ham. Da hans lig blev fundet om morgenen, blev Justine frygteligt påvirket af nyheden. Hun lagde sig syg og var nødt til at holde sig i sengen i flere dage. På sjettedagen havde Elizabeth aflagt hende et besøg for at se, hvordan det stod til.

Da hun nåede til dette sted i sin beretning, knyttede Elizabeth hænderne hårdt og sagde, at hun næsten ikke kunne holde ud at tænke på det. At hun havde besøgt Williams morder for at se, om der var noget, hun kunne gøre for hende.

"Men hvis jeg ikke havde gjort det, så var hun måske aldrig blevet afsløret. Justine lå stadig i sengen, og hun blev ved med at sige, at hun var så ked af det, der var sket. På et tidspunkt tog hun mine hænder og … og …" Elizabeth rystede på hovedet. Rystede over hele kroppen. "Hun rørte mig, Victor! Hun rørte mig med de hænder, der havde kvalt livet ud af lille William."

Jeg sagde ikke noget. Kunne mærke pulsen dunke i halsen.

"Det tøj, Justine havde båret på mordnatten, lå stadig i en bunke på gulvet. Jeg tog det med for at give det til en af tjenestepigerne, så det kunne blive vasket, og da jeg afleverede tøjet, faldt medaljonen ud af lommen."

Jeg glippede med øjnene. "Medaljonen?"

"Den medaljon, jeg havde givet William på om morgenen. Et øjeblik stod jeg bare og stirrede på den. Det var, som om sandheden var for grufuld til at kunne trænge ind. Jeg elskede hende, Victor. Vi elskede hende alle, især William, og hun … hun …" Hendes stemme begyndte at vakle, og det gjorde hun også selv. Jeg greb fat i hende.

"Jeg sendte bud efter en fredsdommer," fortsatte hun, da hun igen var i stand til det. "Justine blev anholdt kort efter. Hun lignede en, der gik i søvne, da de førte hende bort. Hun hverken skreg eller protesterede."

Fordi hun var i chok, tænkte jeg. *Eller fordi hun vidste, at der var tale om en fejl, og at den snart ville blive rettet.*

"Kan ... kan nogen have anbragt medaljonen i hendes lomme?" spurgte jeg, selv om tanken ikke gav mening. Hvordan skulle skabningen have båret sig ad med det? Og hvorfor skulle han have skilt sig af med den medaljon, han havde taget fra den døde dreng?

Elizabeth rystede på hovedet. "Døren til hendes kammer var låst. Desuden er medaljonen ikke det eneste bevis, Victor. Der er vidner."

"Vidner?" Endnu en gang følte jeg benene blive fejet væk under mig. Var det alligevel muligt, at jeg tog fejl? At det slet ikke var uhyret, der stod bag? Jeg gned mine tindinger, pludselig grebet af tvivl. Hvad nu, hvis synet af skabningen på bjerget ikke havde været andet end det – et syn? Ren indbildning? Jeg havde været påvirket af min brors død, og trods udmattelsen efter den lange hjemrejse havde jeg ikke lukket et øje hele natten. Mørket og stormen havde bragt uhyggelige minder med sig, og måske var det bare min fantasi, der havde spillet mig et puds?

Jeg må indrømme, at tanken var at foretrække. Hvor forfærdeligt det end lyder, så var det trods alt bedre, at det var Justine, der var morderen, frem for det uhyre, jeg havde fremavlet i mit laboratorium.

"Retssagen begynder i morgen," lød det fra min far, og smerten kunne høres i hvert eneste ord.

"Den bliver kort," sagde Elizabeth. Hendes hænder var stadig knyttede.

* * *

Værelset var ravende mørkt, da jeg slog øjnene op, vækket af en lyd.

Jeg var gået tidligt i seng, kvæstet i både krop og sind, og denne gang var jeg faldet i søvn med det samme. Jeg havde drømt om Justine og William. I min drøm var William kun tre år gammel, og Justine havde ham på skødet. De legede ride-ranke, og William klukkede af latter. Også da Justine lagde sine hænder om hans hals.

Jeg satte mig op. Kunne ikke se andet end mørke.

Der lød en skraben henne fra vinduet. En gren, der gned mod ruden?

Jeg slog dynen til side og trådte ned på det kolde gulv. Tændte kærten, der stod på sengebordet. Mørket samlede sig i krogene, og i det samme var der en anden lyd. Det lød som skridt. Dernæst ...

Stilhed.

Jeg gik hen til vinduet og trak gardinet fra. Verden på den anden side var én stor skygge. Skyerne på himlen åd månens lys, og jeg kunne ikke se andet end min egen genspejling i glasset. Som om der stod en mørk kopi af mig selv derude og kiggede lige på mig.

Så fik jeg øje på noget andet.

Det lå på den lille kant foran vinduet, holdt nede med en sten.

Et afrevet stykke papir.

Med et hjerte, der bankede koldt og hårdt, åbnede jeg vinduet og tog papiret. Der stod noget på det. Jeg holdt det ind i det flakkende lys, og ordene kom til syne.

I dag er dagen!

Det føltes, som om en lem åbnede sig under mig. Den håndskrift ... De ord ... Jeg genkendte dem, ligesom jeg genkendte datoen oven over dem.

Det var min håndskrift og mine ord. Papiret stammede fra min dagbog. Fra den sidste optegnelse, jeg havde lavet i den. Den nat, jeg havde vækket noget monstrøst til live.

Jeg stirrede ud i mørket, og jeg kunne føle det. Føle, hvordan væsenet stod derude et sted og iagttog mig. Det var her. Synet af det på bjerget havde ikke været indbildning.

Nu forstod jeg, hvorfor jeg ikke havde kunnet finde min frakke efter den skæbnesvangre nat. Uhyret måtte have taget den med sig, da det var stukket af fra lejligheden. Det havde fundet min dagbog i frakkelommen, men ... Væsenet kunne jo ikke læse. Kunne det?

Verden bølgede og flimrede for mit blik, men én ting stod lysende klart: Det *var* uhyret, der havde slået William ihjel, og ikke Justine, uanset hvad vidnerne i morgen ville sige.

Jeg forestillede mig, hvordan bæstet havde stået ved det åbne vindue og lyttet til min samtale med far og Elizabeth. At det havde hørt de falske anklager mod Justine, og at det derfor – med denne besked – ville fortælle mig sandheden. Jeg spekulerede på, hvilke andre forbrydelser uhyret havde begået inden mordet på min bror. Og frygtede, hvad det havde tænkt sig at gøre efterfølgende.

"Hvad vil du?" hviskede jeg og havde lyst til at råbe det af mine lungers fulde kraft. Ønskede næsten, at dæmonen ville komme løbende ud af mørket og gribe fat i mig. Ønskede, at folk ville få den sande, hæslige morder at se, så stakkels, uskyldige Justine ville blive frikendt.

Men natten var stille.

Så blev den endnu mere stille, da vinden lagde sig. Træernes blade holdt inde med deres hvisken, og i det øjeblik hørte jeg den. Den tunge, tunge vejrtrækning.

Det blæste op igen, lyden forsvandt, og jeg skyndte mig at lukke skodder og vindue. Trak gardinet for og vendte tilbage til sengen med et hjerte, der hamrede.

Jeg satte mig på sengekanten og lod lyset brænde resten af natten.

I dag er dagen!

Ord, der engang havde udtrykt håb og begejstring.

Nu – en advarsel.

En trussel.

KAPITEL 10

Justine blev ført ind i den overfyldte retssal, netop som kirkeklokken slog elleve, og det var, som om der blev drejet på en knap. Al snak forstummede øjeblikkeligt. Den eneste lyd var de raslende lænker om hendes hænder, de knirkende gulvbrædder og klokkens tunge slag.

Justine. Kære, kære Justine. Sat til skue for alle, anklaget for den frygteligste forbrydelse, man kan tænke sig. Kunne jeg blot have fortalt hende om det dybe stik, jeg følte indeni ved synet af hende. Ladet hende vide, at der i det mindste var én i salen, der var sikker på hendes uskyld.

Hendes tøj var beskidt og krøllet, hendes lange hår filtret, ansigtet blegt, snavset og skåret i sorg. Justine var ikke mere end nogle år ældre end mig og Elizabeth, men nu så hun tre gange så gammel ud. Hendes forhutlede udseende matchede dog langtfra udtrykket i hendes øjne eller hendes ranke holdning. Hun kom ikke ind i salen med bøjet hoved og blikket rettet mod gulvet, men mødte derimod publikum med sindsro og værdighed. Ligesom jeg så vidste hun, at hun var uskyldig, og hun var tydeligvis overbevist om, at alle andre snart ville indse det samme.

Jeg kiggede rundt på de tilstedeværende og følte mig knap så forsikret. Det er muligt, at man skal betragtes som uskyldig, indtil det modsatte er bevist, men det var bestemt ikke sådan, de mange blikke betragtede hende. Jeg kunne næsten smage den foragt, der udgik fra forsamlingen.

Kun på ét tidspunkt gik der hul på Justines beherskede fremtoning, og det var, da hun fik øje på mig og Elizabeth. Min far var der ikke. Han kunne ikke bære at få rippet op i begivenhederne og var blevet hjemme i huset. Elizabeth og jeg sad på anden bænkerække, og jeg så tårerne samle sig i Justines øjne, da vores blikke mødtes. Hun blinkede dem hurtigt væk og genvandt fatningen.

Jeg kunne næsten ikke bære tanken om, at jeg kunne spare hende for den ydmygelse, det var at sidde på anklagebænken. At jeg lige nu og her kunne standse dette urimelige forehavende ved blot at fortælle sandheden. Men hvor simpelt det end lyder, så var sandheden alt andet end simpel, og jeg valgte i stedet at sætte min lid til retssystemet. Naturligvis ville Justine blive frifundet, og dermed kunne jeg holde min vanvidshistorie for mig selv.

Første vidne var en gammel, fattig torvekone. Hun nød åbenlyst at være centrum for opmærksomheden, og med dramatisk stemmeføring fortalte hun, hvordan hun havde mødt den tiltalte tidligt om morgenen nær mordstedet.

"Jeg har gået den samme rute i årevis på min vej til torvet, og jeg plejer aldrig at møde nogen så tidligt. Aldrig!" Konen bankede knoerne i bordet for at understrege sine ord. "Da jeg spurgte, hvad hun bestilte der, så hun helt underlig ud og mumlede et uforståeligt svar, som der hverken var hoved eller hale i. Hendes hår og tøj var mere uglet, end det er nu, og hun virkede forfjamsket. Så skyndte hun sig væk. En time senere blev den stakkels dreng fundet bag en busk, ikke mere end ti meter fra, hvor vi stod. Ti meter!" Igen bankede konen i bordet.

Næste vidne var en af tjenestepigerne, der med dukket nakke og et forsigtigt blik tog plads i vidneskranken.

"Justine vendte tilbage til huset præcis klokken otte den morgen," fortalte hun. "Jeg kan huske, at jeg hørte uret i stuen slå, netop som hun åbnede døren. Hun sagde, at hun havde været ude og lede efter William. Da hun så udtrykket i vores ansigter, spurgte hun, om der var nyt om drengen. Jeg fortalte hende, at man havde fundet ham to timer tidligere. At han lå inde i stuen, og at nogen havde slået ham ihjel."

"Og hvordan reagerede den tiltalte på denne nyhed?" spurgte anklageren. Han havde et spidst ansigt, der fik mig til at tænke på en rotte, og det var, som om der hele tiden lå et usynligt smil om hans mund. Hver gang han sagde noget, fugtede han læberne, som om han elskede smagen af sine egne ord.

"Hun løb ind i stuen, og da hun så liget, skreg hun højt. Hun greb fat i drengen, som om hun ville prøve at vække ham, og vi måtte være to om at trække hende væk. Derefter fik hun det dårligt og lagde sig i sengen på sit kammer."

"En voldsom reaktion. Hvad tænkte De om den?"

Her greb forsvareren ind med en protest. Det var spekulation, sagde han, men dommeren afviste den og sagde, at han var interesseret i at høre svaret.

"At den virkede *for* voldsom," sagde tjenestepigen og skævede til Justine. "Hun var trods alt ikke drengens mor, og selv frøken Elizabeth reagerede mere behersket."

"Vil De ligefrem kalde det skuespil?"

Endnu en protest, som dommeren denne gang lyttede til. Alligevel nåede tjenestepigen at svare, og alle nåede at høre det: "*Dårligt* skuespil."

Her så jeg for første gang en ændring i Justines udtryk. Hendes mund åbnede sig en smule, og det gav et lille gib i hende. Hendes blik flakkede, som om noget var ved at gå op for hende.

Tredje vidne. Endnu en tjenestepige.

"Jeg overhørte Justine tale med William om formiddagen. Hun spurgte ham, hvad han havde om halsen. Han svarede, at det var en medaljon med et billede af hans mor. Justine spurgte, om hun måtte se den, og William holdt den frem. 'Hvor er den smuk,' sagde hun. William svarede, at det var ægte guld, for det var det eneste, der var godt nok til hans mor. Han ville løbe afsted, men Justine havde stadig fat i medaljonen. Han sagde, at hun skulle give slip."

"Og gav hun slip?" spurgte anklageren og slikkede sine læber.

"Ja. Men William var nødt til at sige det to gange."

Igen rørte Justine uroligt på sig i stolen.

"Og så?"

"Så løb drengen afsted."

"Hvad gjorde den tiltalte?"

"Hun blev stående og kiggede efter ham. Det så ud, som om hun spekulerede over et eller andet."

Her besværede forsvareren sig ikke engang med at råbe protest. Det så ud, som om han godt vidste, hvor dette bar hen, og at intet, han sagde, kunne ændre på det. For det blev ved. Det ene vidneudsagn fulgte det andet, og de beviste absolut ingenting i sig selv. Men nogen pyntede uden tvivl lige lovlig meget på deres historie – enten fordi de satte pris på opmærksomheden, eller fordi deres oplevelse af situationen havde ændret sig i takt med deres overbevisning om Justines skyld – og samlet set tegnede vidnerne hurtigt og effektivt et billede af en kynisk barnemorderske, der havde slået ihjel for et guldsmykke. En ussel slange næret ved familiens bryst.

Salen skummede af lede.

Så blev det Elizabeths tur. Med en stemme, der skiftevis skælvede og var hård som flint, fortalte hun det samme, som hun havde fortalt mig. Da hun nåede til øjeblikket, hvor medaljonen var faldet ud af lommen på Justines tøj, gispede hele salen. Det gav så voldsomt et ryk i Justine, at kæderne om hendes håndled klirrede. Oplysningen kom tydeligvis bag på hende, og jeg så på hendes forsvarer, der sad og kiggede upåvirket ned på sine foldede hænder.

"N-nej," hviskede Justine. "Det … det kan ikke passe. Elizabeth, jeg …"

Dommeren beordrede hende til at være stille, indtil hun selv sad i vidneskranken. Hvilket hun gjorde kort efter.

Justine var kommet ind i retssalen fattet og sindsroligt, men nu var hun rystet. Hendes blodskudte blik piskede hvileløst rundt, og hun bed sig så hårdt i læben, at jeg frygtede, der ville gå hul. Et stykke tid sagde hun ingenting, da hun blev bedt om at afgive sin forklaring. Så begyndte hun at tale, men det lød søgt og famlende, for hun *havde* ingen forklaring.

Hun indledte med at fortælle, at hun med Elizabeths tilladelse havde tilbragt aftenen hos sin tante, der boede i en landsby fem kilometer fra Genève. Dette stemte overens med Elizabeths udsagn.

"Jeg begav mig hjemad klokken ni." Justines stemme dirrede, og hun lød i foruroligende grad som det, jeg vidste, hun ikke var – en løgner. "Vejret var lunt, og det var stadig lyst. På vejen mødte jeg en mand, der spurgte, om jeg havde set en dreng på ni år.

Drengen havde været med sin familie ude at spadsere, og nu kunne man ikke finde ham. Manden vidste ikke, hvad drengen hed til fornavn, men sagde, at han var søn af hr. Frankenstein. Jeg blev forfærdet over at høre, at der var tale om William, og i stedet for at gå hjem tilbragte jeg de næste timer med at lede efter ham. Byportene var i mellemtiden blevet lukket, så jeg var nødt til at tilbringe natten i en gammel lade. Jeg havde svært ved at falde i søvn – tanken om, at William stadig var et sted derude, var næsten ikke til at bære – men på et tidspunkt må jeg alligevel være døset hen. Da jeg vågnede, var himlen begyndt at lysne, men solen var endnu ikke stået op. Jeg mødte torvekonen kort efter, og jeg har ganske rigtigt set ud, som hun beskrev, for jeg havde tilbragt hele natten i ladens hø. Jeg var stadig omtumlet efter den korte søvn, og jeg … jeg …" Her faldt ordene fra hinanden, og Justine lukkede øjnene. Tårerne piblede ud under hendes øjenlåg. "Jeg havde ingen anelse om, at den stakkels dreng lå lige i nærheden."

"Fortsæt," sagde dommeren koldt.

Justine tørrede tårerne væk og rømmede sig. "Jeg genoptog eftersøgningen, men til sidst tvang sulten mig hjem, hvor jeg hørte den forfærdelige nyhed. Min reaktion … Det var ikke skuespil. Jeg elskede William, som var han min egen bror, og jeg kunne ikke drømme om at gøre ham fortræd." Mens hun sagde dette, så hun på mig og Elizabeth. Jeg gengældte hendes blik, men Elizabeth stirrede stift ud i luften.

"Og medaljonen," sagde anklageren. "Hvordan forklarer De den?"

En synkron knirken blev efterfulgt af rungende tavshed, da alle tilskuerne lænede sig frem i sæderne for bedre at kunne høre. Justine var spiddet som en orm på krogen, og folk elsker at se en orm vride sig.

Længe sagde hun ingenting. Hendes blik var rettet mod et punkt i det fjerne. Så rystede hun på hovedet. "Jeg ved ikke, hvordan den er havnet i min lomme."

En højlydt mumlen brød løs, og der var endda nogen, der lo af dette håbløse svar, som bankede det sidste søm i Justines kiste.

"Men," fortsatte hun og hævede stemmen for at overdøve forsamlingen, "jeg har ikke taget den, og jeg har ikke slået William ihjel! Før i dag troede jeg ikke, at jeg havde fjender, men nu ved jeg, at nogen vil mig ondt." Hun slog hårdt i bordet, og pludselig gnistrede vreden i hendes blik. Hun pegede anklagende på forsamlingen, hendes rystende finger gled fra ansigt til ansigt. "Hvem af jer gjorde det? Hvem af jer myrdede ham og prøver at snige sig udenom? Tilstå! Tilstå!" Justines stemme hævede sig til en råben. Hendes finger blev rettet mod mig, og jeg mærkede en isnende kulde gå igennem mig. Så indså jeg, at det ikke var mig, hun pegede på, men Elizabeth. "Du fandt medaljonen i min lomme. Var det også dig, der anbragte den der?"

Ved denne anklage gik der et sug igennem forsamlingen.

"Hvor vover du?" hvæsede Elizabeth og rejste sig. Hendes ansigt var fortrukket af had, og hvis jeg ikke havde holdt hende tilbage, er jeg sikker på, at hun ville have kastet sig over Justine.

"Ro! Ro!" råbte dommeren og smældede med sin hammer.

Elizabeth vred sig fri af mit greb, men satte sig igen. I det samme opdagede jeg det lille papir, der var faldet ud af min lomme. Det afrevne stykke fra dagbogen.

I dag er dagen!

Ordene føltes som ondskabsfulde slag i ansigtet, og jeg skyndte mig at samle papiret op og stikke det i lommen.

"*Det var ikke mig, der slog ham ihjel!*" Justines råben blev nu til skrig. "*Hører I? Det var ikke mig, der …*"

"Før hende bort!" tordnede dommeren.

To mænd greb fat i Justine, der nægtede at følge med frivilligt, men måtte tvinges ned fra vidneskranken, fuldkommen hysterisk.

"Hvem af jer gjorde det? Hvem af jer gjorde det?"

Stakkels, stakkels Justine. Jeg ville tusind gange hellere selv have erklæret mig skyldig i mordet på William, hvis det havde kunnet redde hende. Men jeg havde ikke engang været i landet, da forbrydelsen blev begået, og sådan en tilståelse ville kun blive betragtet som en galnings rableri. Den ville ikke have renset hende, og papirlappen i min lomme hjalp heller ikke. Havde uhyret dog bare efterladt hele min dagbog ved vinduet, så folk kunne læse, hvad jeg havde foretaget mig på mit loftskammer. Men snedig som bæstet tilsyneladende var, havde han kun efterladt den afrevne snip, der intet afslørede. Ingen ville tro på eksistensen af det levende monument over indbildskhed og ugudelig opførsel, som jeg havde sluppet løs i verden. Kun hvis jeg slæbte liget af monstret ind i retssalen, kunne jeg bevise Justines uskyld.

Det pinte mig helt ind i sjælen, men jeg sagde ingenting, mens Justine skrigende blev ført ud af retssalen.

KAPITEL 11

Dommen faldt allerede samme dag. Jeg havde fulgt Elizabeth hjem, men vendte sidst på eftermiddagen tilbage til retsbygningen, hvor en betjent var ved at banke en seddel op på tavlen ude foran.

Jeg behøvede ikke engang at stille spørgsmålet, han vidste allerede, hvad jeg ville vide.

"Alle stemmer er blevet afgivet, hver og en sorte som graven. Mordersken er blevet dømt til døden." Han nikkede mod sedlen. HÆNGNING! stod der med råbende bogstaver. "Løkken strammes i morgen klokken tolv. Ingen grund til at vente for længe med at sende heksen til helvede. Var De til stede ved retssagen?"

"Ja," sagde jeg hæst. Betjenten vidste åbenbart ikke, hvem jeg var, og jeg havde intet behov for at fortælle ham det.

"Noget af en oplevelse, ikke sandt? En dårlig skuespiller, kaldte et af vidnerne hende, men jeg synes nu, det var temmelig fremragende skuespil. Jeg vil ikke sige, at jeg ligefrem troede på hende, men der var da et øjeblik, hvor jeg kom i tvivl om, hvad der er op og ned i denne sag."

"Så må De havde været den eneste. Alle stemmerne var sorte, sagde De."

Han nikkede. "Indicierne var overvældende, men uanset hvor entydige de er, så er der ingen af vores dommere, der bryder sig om at dødsdømme en forbryder på vidneudsagn alene. Derfor var det en lettelse, da mordersken efterfølgende tilstod sin ugerning."

Jeg så overrasket på ham. "Har hun tilstået?"

"Ja, det kom også bag på mig med den opførsel, hun lagde for dagen. Men nu kan man altså med god samvittighed lægge rebet om hendes hals, og jeg skal ærligt indrømme, at jeg glæder mig til at se hende blive klynget op. Tænk at myrde et uskyldigt barn og så endda en dreng af den familie, der har sørget så godt for hende. Det er en skam, man kun kan blive idømt dødsstraf én gang."

Jeg skyndte mig hjem. Jeg forstod det ikke. Hvorfor havde Justine tilstået? Jeg vidste jo, at hun var uskyldig.

Derhjemme fandt jeg Elizabeth inde i biblioteket. Hun sad foran den udslukte kamin, blikket rettet mod den kolde aske.

"Nogle gange," sagde hun stille, "så tænker jeg, at mennesket er som uhyrer, der tørster efter hinandens blod."

Jeg sank en klump. Da jeg talte, var min stemme tonløs som standurets tikken. "Hun er blevet dømt til døden."

"Det ved jeg." Elizabeth vendte sig mod mig. Hun havde et papir i hånden. Et øjeblik frygtede jeg, at det var en ny side fra dagbogen. At uhyret havde ladet Elizabeth finde den, og at hun kendte alt til min hemmelighed. "Hun har sendt mig et brev."

"Et brev?" gentog jeg forvirret. "Fra fængslet?"

"Hun beder om at se mig. Hun skriver, at der er noget, hun er nødt til at fortælle mig."

En knude samlede sig i mit bryst. Hvad var det her for noget? "Og dit svar?"

"Jeg ventede på, at du kom hjem, så vi kunne følges derhen. Jeg kan ikke gøre det alene, Victor, men … Jeg har brug for det. Jeg elskede Justine som en søster, og hun snød mig med sine smil og venlige blikke. Hvis jeg nogensinde igen skal kunne tro på det gode i mennesket, så har jeg brug for at se hende i øjnene, nu hvor hun har tilstået, og …" Hun rystede på hovedet og smed brevet ind i pejsen, hvor det landede i askedyngen. "Og i morgen er det for sent."

Alt i mig strittede ved tanken, og jeg ville nemt kunne afvise at tage med.

Nej, jeg ønskede ikke at opfylde min brors morders sidste ønske.

Nej, jeg ønskede ikke at se Justine igen, før hun havde rebet om halsen.

Nej, jeg ønskede ikke at høre et ord af, hvad hun havde at sige.

Men ingen af disse svar ville over mine læber, og jeg indvilligede i at tage med.

* * *

Fugten løb ned ad de klamme mure og samlede sig i pytter på stengulvet. En stank af urin, sved og afføring skar i næsen. Lyset fra tranlamperne fik vores skygger til at vride sig på gulvet, da Elizabeth og jeg fulgte efter fangevogteren ned ad den mørke gang. Bag tremmerne kunne jeg skimte beskidte ansigter, der fulgte os med flade blikke.

"Da de slæbte hende ud fra retssalen, hylede og skreg hun som besat," sagde fangevogteren og lod en tunge glide hen over de få tandstumper, han havde tilbage. Han lignede en, der var lige så fremmed for sollys som stedets logerende. Han lignede også en, der nød sit arbejde i fulde drag, og hele tiden hvilede hans hånd på kniplen ved hans side. "Men efter hendes tilståelse har hun ikke mælet et ord. Brevet til Dem var hendes sidste ønske. Jeg må sige, at det er stort af Dem at efterkomme det."

Vi nåede dødscellen, hvor Justine sad, og fangevogteren overlod os til os selv. Der var ingen vinduer, og mørket bag tremmerne var næsten komplet. Så bevægede noget i skyggerne sig, og Justine trådte hen imod os. Nej, hun vaklede.

Min mund tørrede ud. I går, da Justine havde siddet i retssalen, havde hendes øjne været hævet af gråd. Nu var de hævede af slag. Hendes læber var flækkede, totter af hår var flået ud af hovedbunden, og hendes ene arm krummede sig mod hendes bryst, som om hun ikke kunne rette den ud. Åh gud.

"Hvad vil du?" spurgte Elizabeth. Synet af denne elendige udgave af Justine så ikke ud til at røre hende det mindste.

"Elizabeth." Justines stemme var sprukken og kraftesløs. Alligevel var der en trodsig standhaftighed i den, og hun stirrede min kusine i øjnene, da hun fortsatte: "Jeg slog ham ikke ihjel."

"Du tilstod."

"Jeg løj." Justine rakte en arm frem, håndryggen opad. Tre af neglene manglede. "De torterede mig. Råbte og skreg mig ind i hovedet, indtil jeg næsten troede på, at jeg var det uhyre, de påstod. Til sidst kunne jeg ikke mere, og jeg tilstod for at få den syndsforladelse, de ellers ville nægte mig – også selv om Gud ved, at jeg er uskyldig i denne forbrydelse. Men det var ikke den eneste grund til, at jeg tilstod. Jeg gjorde det også mod at få et sidste ønske opfyldt. Mit brev til dig, Elizabeth. Jeg håbede sådan, at du ville komme."

"Og jeg håbede at høre sandheden," sagde Elizabeth med en

stemme fuld af frost. "Planlagde du mordet, eller var det en pludselig indskydelse?"

"Jeg ville ønske, at jeg kunne fortælle dig sandheden, men jeg kender den ikke. Jeg ved ikke, hvem der slog William ihjel, eller hvorfor jeg skal anklages for det. Men jeg ved, at jeg ikke gjorde det, hvilket betyder, at morderen stadig er et sted derude. Hvad, hvis han slår til igen? Hvad, hvis ..." Hun tav brat. Indtil nu havde hendes opmærksomhed mest været rettet mod Elizabeth, men nu stirrede Justine pludselig indgående på mig, og noget i hendes ansigtsudtryk skiftede. "Du ser på mig på en anden måde end Elizabeth."

Jeg stod som forstenet, idet hun trådte nærmere. Mit hjerte hamrede, så det svimlede. Elizabeth iagttog Justine med ubøjelig ubarmhjertighed, men jeg havde ikke kunnet skjule min anger og medfølelse, og i mine tanker glimtede et barndomsminde. Justine, der så på mig med et løftet øjenbryn. Justine, der altid vidste det, når jeg havde lavet ballade eller gjort noget, jeg ikke måtte. Pludselig fortrød jeg, at jeg var gået med.

"Du ved noget," hviskede hun. "Du ..."

Elizabeth spyttede hende i ansigtet. "Først anklager du mig, så anklager du Victor," hvislede hun. "Jeg glæder mig til i morgen." Så vendte hun sig om og gik.

Den smule håb, Justine havde genvundet ved vores besøg, sivede ud af hende, og hun sank sammen på det beskidte gulv, idet hun bønfaldende rakte en forkrøblet hånd ud mod mig.

"Victor ..."

Skamfuldt trak jeg mig tilbage og skyndte mig efter Elizabeth.

* * *

Næste dag blev rebet lagt om Justines hals.

Jeg stod i menneskemængden, der tog imod hende med slag, spyt og sten, da hun blev ført op til forhøjningen uden for bymuren, hvor galgen stod.

Min far og Elizabeth var der ikke. De ønskede ikke at se det. Det gjorde jeg heller ikke, men jeg var nødt til det. Det var en del af min straf.

Det var en flot dag. Vindstille, lun og fuld af gyldent lys. Man kunne høre fuglene, da dommen blev læst op, og menneskemængden faldt til ro.

Jeg fik øjenkontakt med Justine.

Hun sagde ingenting.

Jeg sagde ingenting.

Mestermanden tilbød hende en hætte, men hun rystede på hovedet. Fastholdt mit blik.

Løkken blev strammet.

Folk stillede sig på tæer og strakte hals.

Et øjebliks forventningsfuld stilhed.

Så blev håndtaget drejet, og lemmen under Justine åbnede sig. Men den åbnede sig ikke helt. Den satte sig fast, og Justine mere gled ned end faldt. Rebet tegnede sig som en streg i luften, men rykket var ikke hårdt nok til at brække nakken på hende.

Hun sprællede. Benene sparkede vildt, kroppen vred og slog sig. Hendes ansigt blev rødt, så violet, og øjnene bulede ud. Hun måtte have bidt sig i tungen, for pludselig løb blodet ned ad hendes hage. Nogen vendte sig gispende væk, andre lo, som om de aldrig havde oplevet noget så morsomt. Hurtigt fik mestermanden trukket hende op igen og lukket lemmen under hende.

"Beklager," mumlede han.

Forsøg nummer to.

Denne gang åbnede lemmen sig med et smæld, rebet spændtes i et ryk, og nakkehvirvlerne knækkede.

Denne gang hang hun stille.

Piften, hujen og spredte klapsalver, hvorefter menneskemængden omkring mig begyndte at gå i opløsning.

Jeg var den sidste tilbage, og længe stod jeg og kiggede på hende. Resultatet af mit vanhellige påfund, der nu havde krævet to menneskeliv. Den ene myrdet med koldt blod, den anden død i skændsel og vanære.

"Tilgiv mig," hviskede jeg.

Det eneste svar var lyden af rebet, der knirkede stille i vinden, og kragerne, der cirklede over galgen.

Og det var i det øjeblik, jeg fik øje på ham.

Skabningen.

Uhyret.

Morderen.

KAPITEL 12

Han stod på et klippefremspring med udsigt til galgen, ikke mere end halvtreds meter væk. Han havde set det hele. Høstet frugten af sin ondskab fra sit skjul i skyggerne.

Nu gav han sig endnu en gang til kende over for mig ved at træde frem i lyset, og jeg mærkede raseriet skylle ud i kroppen som en bølge. Det var *hans* ugerning, Justine havde betalt for. *Ham*, der skulle have bødet med sit liv. Jeg vidste, at jeg ikke ville have en chance mod ham i kamp, men måske – bare måske – kunne jeg tage ham med i faldet ud over klippesiden. Vi havde begge fortjent at dø.

Jeg satte i løb.

Han blev stående ubevægelig, indtil jeg begav mig op ad bjerget. Så forsvandt han. Kort efter kom han atter til syne på et fremspring højere oppe. Det så ud, som om han ventede på mig, men igen blev han borte, da jeg fortsatte efter ham. Dette gentog sig flere gange, og vi bevægede os højere og højere op ad bjerget, mens afstanden imellem os blev mindre. Heroppe havde solen ingen magt, landskabet bestod af is, sne og klipper. Vinden bed, men jeg ænsede det dårligt nok.

Højere.

Nærmere.

Han var en stor kolos, men han bevægede sig med et dyrs smidighed, og han kunne let slippe fra mig. Alligevel lod han mig indhente sig.

Jeg var ikke mere end tredive meter fra ham, da jeg så ham træde ud over bjergsiden. Jeg løb det sidste stykke derhen og stirrede ned i et lodret fald på flere hundrede meter. Var han sprunget i døden? Hvorfor? Fordi et bæst som ham trods alt havde en form for samvittighed? Fordi han forstod konsekvensen af sine handlinger og fortrød dem? Havde han blot ønsket, at jeg skulle være det eneste vidne til hans død, ligesom jeg havde været det til hans fødsel?

Der lød skridt i gruset bag mig.

Tunge åndedrag.

Nej, han var ikke sprunget ud over kanten. Han havde trængt mig op i en krog.

Jeg vendte mig om og stod ansigt til ansigt med min skabning.

Bortset fra det korte glimt under uvejret, da jeg var vendt tilbage til Genève, var det halvandet år siden, jeg sidst havde set ham. Synet var lige så afskyeligt, som jeg huskede, og jeg begreb det stadig ikke: Hvad havde jeg dog tænkt på, da jeg konstruerede dette vanvidsvæsen?

Han så ikke ud til at være ældet en dag – selv om alder var svær at bedømme i et ansigt som hans. Det sorte, stride hår havde samme længde, som da jeg satte det på, og en skrækkelig tanke slog mig: Ældedes han ikke? Var han udødelig, hvad tiden angik?

Selv om den isnende vind stod om os, kunne jeg tydeligt lugte den stank af jord og brakvand, der hang ved ham. Han havde tøj på. Lasede bukser, der var sat sammen af forskellige stykker stof, syet med grove sting som dem, der bugtede sig ned over hans ansigt og krop. Det, som jeg havde troet var en kutte, var i virkeligheden min frakke, som han havde taget med sig fra laboratoriet. Den var alt for lille til hans enorme korpus og var revnet og lappet flere steder, ærmerne forlænget med garvet skind. Han var som en hæslig, forvrænget udgave af mig selv, og jeg følte ikke kun rædslen klemme mit hjerte, men også hadet.

Især hadet.

"Djævel!" råbte jeg. "Forbandede morder! Jeg skulle have tilintetgjort dig, da jeg havde chancen! Jeg skulle ..."

"***Ja,***" sagde skabningen.

Jeg tav brat. Stirrede chokeret på ham. Han havde ravet rundt i mit laboratorium som et umælende væsen, men nu ... Nu kunne han tale? Hvordan? Hvem havde lært ham det?

"***Hvis du vidsTe ... hvor mange gaNge jeg har ... ønsket det sAmme.***" Hans ru stemme var som klippesten, der skurrer mod hinanden, og han punkterede sætningerne med sære pauser. Men meningen var klar. "***Men du ... lod mig leVe.***"

"Du har fortjent at dø," snerrede jeg. "Du myrdede min bror, og du fik Justine hængt. Helvedes pinsler er for mild en straf for dine forbrydelser."

"***Og hvad med ... din forbRydelse?***" sagde han stille. "***VaR det ikke dig, der ... skabTe denne krop? VaR det ikke dig, der ... byggede disse hæNder? VaR det ikke dig, der ... fik dette hjeRte til at slå?***"

"Handlingerne var dine, ikke mine!" svarede jeg igen, men ordene føltes hule, og i tankerne så jeg Justine dingle i galgen.

"Hvordan skulle jeg have vidst, hvilket morderisk sind der vågnede den nat?"

"***SLOG JEG DIG IHJEL?***" brølede han, og hans øjne, der indtil nu havde forekommet mig døde og udtryksløse, flammede pludselig i vrede. "***SLOG JEG DIG IHJEL?***"

Ordene kastede et ekko mellem bjergsiderne.

"***Du siger, jeg sKal ... straffes for mine forbRydelser.***" Han fastholdt mit blik, og jeg kunne se noget andet derinde bag vreden. Sorg? "***Jeg siger, jeg ... blev sTraffet, før jeg havde ... beGået nogen. Du er min skaBer, men selv du ... har ingen aNelse. Du ved ikke ... hvilKen succes dit ekspeRiment var. Hvad du ... skabte deN nat.***"

"En dæmon," sagde jeg. "Et ækelt monster."

"***Nej!***" Han bankede på sit bryst med sin grove lap. Selv om han var i stand til at hæve og sænke stemmen, forblev den sært monoton. Død som det kød, han var bygget af. "***Jeg var god! Jeg ved, aT jeg vaR god!***"

"God? *God?*" Ordet tændte mig af. Hvor vovede dette uhyre at kalde sig selv god? Han, der skånselsløst havde kvalt livet ud af lille William. Jeg kunne ikke længere holde mig tilbage, og med et rasende udbrud kastede jeg mig over ham og forsøgte at rive ham med ud over kanten. Ikke engang han ville kunne overleve sådan et fald.

Men jeg kunne lige så vel have prøvet at vælte det bjerg, vi befandt os på. Han rykkede sig ikke en tomme.

"***Du skaBte mig ... og nu vil du sLå mig ihjel.***" Med en knurren greb han fat i min krave, løftede mig op i luften og holdt mig i strakt arm ud over skrænten.

Gispende stirrede jeg ned i dybet.

"***Så let,***" sagde han dæmpet. "***Så leT kunne jeg ... sLukke min skaBers lys.***"

"Gør det!" prustede jeg gennem sammenbidte tænder. "Gør det!"

Han lod til at overveje det, men jeg vidste også, at han kun lod som om. Han havde ikke lokket mig herop bare for at slå mig ihjel. Der lå noget mere bag. Med ét ønskede jeg ikke at vide hvad.

"*Gør det!*" Jeg slog ham på hånden. Forsøgte at vride hans fingre fra hinanden. "*Jeg fortjener det!*"

"***Man fåR ikke … altid, hvad man forTjener,***" sagde han, og jeg fik atter fast grund under fødderne, da han trak mig til sig. Så tæt på, at jeg kunne lugte hans ånde. Den stank af fordærv. "***Ja, jeg haR gjort … utilgiVelige ting, men jeg anKlager dig … for det samme. Lyt tiL mig, FrankeNstein. Giv mig, hvad … jeg kRæver.***"

"Lytte til dig?" Jeg vred mig løs. "Jeg vil ikke engang se på dig."

"***Så luk øjnene.***" Han lagde sin store hånd over mit ansigt, så jeg intet kunne se. Jeg kunne mærke, hvor skrækindjagende stærk han var. Han kunne knuse mit hoved ved blot at knytte næven. Men berøringen, hvor ækel den end føltes, var ikke truende. Snarere mild. Som et barn, der holder sin mor for øjnene. "***Min hisTorie. Du vil høre den. Og du vil tRæffe … en besluTning.***"

En beslutning? Hvad skulle det sige?

Han trak hånden til sig. Ud af øjenkrogen så jeg en knytnævestor sten ligge på jorden. Jeg overvejede at samle den op. Måske kunne jeg overraske ham med et velplaceret slag og hamre hul på hans kranie. Men jeg lod stenen ligge. Hvor lidt jeg end brød mig om at indrømme det, så havde hans ord ramt noget i mig. For første gang følte jeg en form for forpligtigelse over for denne skabning. *Min* skabning. Hver gang jeg så på ham – denne modbydelige masse, der bevægede sig og talte – blev jeg syg om hjertet af rædsel, men det var ikke kun ham, jeg var flygtet fra den nat. Jeg var også flygtet fra mit ansvar, og samtidig – trods det sydende had, jeg følte – havde han vækket en nysgerrighed i mig. Hvad *var* hans historie? Hvad var der hændt ham, som havde ført os til dette punkt? En ting var mordet på William – som han faktisk ikke havde tilstået endnu, gik det op for mig. Noget andet var hans kundskaber. Hans formuleringer og udtale var som et barns, men indholdet var intelligent. Og han havde ikke alene lært at tale på det halvandet år, der var gået. Han havde også lært at læse og lod til at forstå komplicerede begreber som godt og ondt. Hvordan? Hvorfra?

"Fortæl," sagde jeg.

"***Ikke heR***," sagde han. "***Du er koLd. Kom.***"

Han vendte sig om og begyndte at gå. Tøvende fulgte jeg efter.

Han ledte mig hen til en åbning i klippesiden, hvor der var en bålplads og en sølle seng af græs og blade. Uhyret stak en hånd i lommen og tog noget frem. Noget, jeg genkendte med det samme.

Min dagbog.

Hans mælkede øjne var rettet mod mine, da han åbnede den og rev en side ud. Så krøllede han den sammen, anbragte den i midten af bålstedet og satte ild til den med to flintesten, han bankede mod hinanden. Lagde kviste og grene på.

Snart brændte et godt bål imellem os. Jeg kunne ikke afgøre, om det flakkende lys fik hans ansigt til at virke mindre eller endnu mere dæmonisk. Jeg kunne heller ikke holde op med at ryste, selv om jeg ikke længere frøs. Mit hjerte hamrede på en sælsom måde.

Jeg ønskede at høre hans historie.

Jeg ønskede ikke at høre hans historie.

Han begyndte at fortælle.

3

SKABNINGEN

KAPITEL 13

Tåge.

Tæt, uigennemtrængelig tåge.

Der er intet andet.

Så tynder den ud, blinkes gradvist ud af øjnene, der forsøger at stille skarpt.

Følelsen af luft, der trækkes ned i lungerne.

Hjertet, der slår og pumper blodet rundt i kroppen.

Lys, mørke, skygger, former, lyde, lugte. For et øjeblik siden var der intet, nu er der alt, *indtrykkene eksploderer imod ham med sønderrivende kraft, og alle de ord, der skal bruges for at beskrive det, han oplever, findes ikke endnu. De kommer først senere, langt senere, da han sidder i det lille, faldefærdige skur og observerer den fattige familie og smuglytter til drengens undervisning. Først da vil hans fortid og fremtid og ordene forme sig, men lige nu er han et umælende væsen, en tanketom skabning, der møder alting for første gang.*

Han drejer hovedet og ser et ansigt.

Han ved ikke, det hedder et ansigt, ikke endnu.

Øjne, der stirrer på ham.

Han ved ikke, det hedder øjne, ikke endnu.

Han prøver at rejse sig, men bevægelserne er ukoordinerede, og han mærker et sug indeni, da han falder. Et øjebliks smerte, da han rammer gulvet. Han kravler mod ansigtet, men det forsvinder i det samme. Hvor blev det af? En ubevidst følelse af at være forladt og alene og bange, og stadig vælter hele verden ind i ham, lys, mørke, skygger, former, lyde, lugte, regnen, der pisker mod vinduerne, tordenskraldene, der ruller hen over himlen, lynene, der gnistrer, alt er indtryk, der bliver til aftryk, som der først senere kan sættes ord på.

Her er flere ord, han endnu ikke kender: arme, ben, hænder, fødder. Det går op for ham, at han kan kontrollere dem, at de er en del af ham, og han prøver at få styr på sine lemmer. Men det er, som om de har deres eget liv, og han brager ind i bordet og reolerne, der knuses ved sammenstødet. Han raver rundt, efterlader sig ikke andet end ødelæggelser, indtil han omsider formår at finde balancen. Først svajer benene under ham, men bliver så mere og mere stabile. Han strækker armene ud. Åbner og lukker hænderne. Prøvende tager han et skridt. Det er usikkert, og han er tæt på at snuble. Et skridt til. Knap så usikkert.

Han ser mod det sted, ansigtet forsvandt. En mørk åbning lige fremme. Han sætter kursen imod den og falder ind i væggen, da det flade gulv erstattes af en spiral, der snor sig nedad. Det er svært at genvinde balancen, hans fødder er næsten for store til de stejle trappetrin, men det lykkes.

En dør mere. Også den står åben, og han kan høre noget. Som den lyd, der kommer fra ham selv.

Vejrtrækning.

Han træder ind i rummet og ser ansigtet fra før. Nu er dets øjne lukkede, og et stykke tid står han og betragter det sovende væsen, som var det første, han så. Føler sig forbundet med denne skabning på en måde, han ikke forstår.

Pludselig springer øjenlågene op. Munden åbner sig og udstøder en høj, foruroligende lyd, ansigtet viger tilbage.

Han rækker armene frem, og der kommer en lyd fra hans strube, en uformuleret bøn om hjælp, der ikke besvares: Skikkelsen flygter igen.

Han skal til at følge efter, da hans hånd strejfer noget blødt. Han samler det op. Han ved ikke, hvad det er, men kan godt lide følelsen af det mod sin hud. Lugten, der hænger i det. Lugten af den anden.

Ansigtet.

Senere lærer han, at det hedder en frakke.

Han tager den med sig.

* * *

Ud i mørket, ud i uvejret, ud i byen.

Endnu en ting, han vil forstå senere – at det er uvejret og mørket, der redder ham: Gaderne ligger øde hen, og han møder ingen på sin vej.

Regnen er kølig mod hans nøgne hud, og vinden hyler omkring ham, men han fryser ikke.

Han har ingen ide om, hvor længe han går, men efterhånden bliver der længere og længere mellem bygningerne, indtil de til sidst afløses af marker og træer.

Inde i skoven kryber han i ly i en hule og trækker frakken over sig. Det får ham til at føle sig en smule mere tryg. Så mærker han noget, der ligger i den ene lomme. En lille, firkantet genstand, der kan åbne sig, og som er fyldt med sorte tegn. Tegnene flyder ud, når de rammes af vandet, der drypper fra hans hår, og han lægger genstanden tilbage i lommen.

Udenfor er uvejret ved at stilne af, og da lyden af det sidste torden-skrald toner bort, glider hans øjne langsomt i.

Han drømmer om ansigtet.

Første nat.

* * *

Sulten vækker ham, og da han træder fra hulen ud i skoven … Alt ser anderledes ud. Mørket er væk, lyset er skarpt og skærer i øjnene. På himlen hænger en kugle af ild, hvis varme føles som en blød berøring mod hans hud. Syngende klange fra dyr i trækronerne. Grønne blade, brune stammer, blå skygger. Alt er farver, der stråler imod ham. Hvordan kan dette være den samme verden?

En lyd bag ham. Nej, inden i ham. En rumlen som den fra himlen i går. Hans mund er tør.

Et spindelvæv glimter med tusind vandperler. Forsigtigt rører han ved det, og det brister. Han prøver at lave det igen, det var ikke hans mening at ødelægge noget så smukt, men det er umuligt, og det gør ham trist.

Hans mave knurrer igen. Han plukker et par blade og tygger dem prøvende i sig. Smagen er bitter, men de tager den værste sult.

En vandpyt stiller tørsten.

I løbet af de næste dage finder han ud af, at der er ting, der smager bedre end bladene fra træerne, og han begynder at leve af bær, nødder og rødder. Drikker vand fra en klar bæk, der løber nærved.

De fleste dyr flygter, når de hører ham komme, men en dag sidder han nede ved bækken, da han hører en puslen i krattet. Noget stikker sit brune hoved frem. Et firbenet dyr med en pels så blank og fin, at man næsten ikke kan lade være med at række ud og røre ved den.

Men han sidder stille.

Han ved ikke, det hedder et dådyr, ikke endnu.

Dyret har ikke opdaget ham, og det træder nærmere, gumler på det saftige græs. Så stivner det pludselig. Løfter hovedet og ser på ham med sine store, brune øjne.

Han sidder stille.

Helt stille.

Dådyret sænker hovedet og græsser videre.

Han smiler sit første smil.

KAPITEL 14

Han kan dufte noget. En fremmed, indbydende lugt, han ikke er stødt på før, og som får hans tænder til at løbe i vand.

Han har forladt hulen ved bækken, drevet videre af nysgerrighed. Hvad mon der er bag dét træ? Og det næste? Og det næste?

Han har frakken på. Fandt på et tidspunkt ud af, at han kunne stikke armene ind i de to huller. Den er alt for lille og revnede i både ryg og ærmer, da han trak den på, men den hænger stadig løseligt sammen.

Kort efter åbner skoven sig, og en simpel hytte kommer til syne.

Han ved ikke, at det hedder en hytte, ikke endnu.

Den er bygget af træ, og røgen snor sig op fra hullet i toppen. Det er derfra, duften kommer. Døren står åben.

Han går derind. Stedet er tomt, men ovre i det ene hjørne … Flere ord, der vil komme senere: flammer, bålsted, gryde, suppe.

Fascineret ser han på den dansende ild, der farver træet sort. Han griber fat i en af de brændende træknuder og trækker hånden til sig igen med et hyl. Kigger på bunken af brænde, der ligger ved siden af. Det træ gløder ikke og gør ikke ondt, da han samler et af stykkerne op. Han smider det ind i flammerne og ser betaget, hvordan ilden vokser.

Der hænger en gryde over bålet. Den er fyldt med en boblende, duftende væske, der er for varm til, at han kan drikke den, som han drikker af vandet i bækkene. Men han kan bruge skeen, der ligger på grydekanten, og hvis han puster på væsken, bliver den koldere.

Det føles som en eksplosion på tungen. Aldrig før har han smagt noget så dejligt.

På gulvet ligger en åben vadsæk med brød, ost og en flaske med mælk, og han skal netop til at sætte tænderne i brødet, da der lyder skridt.

Han vender sig om og ser en skikkelse i døråbningen. Den er magen til den skikkelse, han så den nat, han vågnede for første gang, og dog er den anderledes. Ældre og klædt i snavsede klæder.

En mand.

Mand. Kvinde. Dreng. Pige. Menneske. Senere vil disse ord ændre hans verden.

Manden har en stabel brænde i favnen, men da deres blikke mødes, ryger den ud af hans hænder og falder til gulvet med et rabalder. Gispende vakler han baglæns. Så snurrer han omkring og løber.

Han overvejer at følge efter. Disse væsner … De er anderledes end skovens dyr, og han vil så gerne lære dem bedre at kende. Måske kan han indhente manden og lade ham forstå, at han ikke skal være bange. Han er jo ligesom dem: ben, fødder, arme, hænder.

Men den gode mad vinder slaget, og han bliver i hytten, indtil han har spist rub og stub.

Da han er færdig, er bålet næsten brændt ud, og han smider mere brænde på. Mere og mere, flammerne er et betagende syn, og ilden vokser sig større.

Pludselig får det fat i noget halm, der ligger i hyttens ene hjørne, og så går det stærkt. Flammerne breder sig, de æder sig op ad væggene, og inden han ved af det, er han omsluttet af ild. Heden og røgen bølger imod ham, sætter sig i øjnene og gør det svært at trække vejret. Han gribes af skræk. Ikke kun fordi ilden gør ondt, denne frygt skyldes noget andet, noget dybere, noget mere fundamentalt. Han kaster sig ud gennem døren og banker ilden, der har fået fat i et hjørne af frakken, ud. Hans hjerte hamrer voldsomt, og han stirrer på flammerne, der nu indhyller hele hytten. Den lyder rasende, ilden. Hvæser og smælder, som om den er vred over, at han slap ud i tide.

Endnu ved han ikke, hvad det var for en angst, der greb ham, men også det vil han – som så meget andet – indse senere.

Angsten for døden.

Han betragter den brændende hytte, indtil der ikke er andet end forkullede rester tilbage. Så kigger han på sine hænder. Hans *hænder, som smed brændet på bålet. Det var flammerne, der brændte hytten ned, men det var ham, der fik dem til at vokse, og han tænker på det smukke spindelvæv, han kom til at rive itu. Det var et uheld, og det var dette også. Men det ændrer ikke ved, at det er i dette øjeblik, at det for alvor går op for ham.*

At han kan ødelægge.

* * *

Han går i samme retning, som manden forsvandt. Måske er der flere som ham, og måske vil de ikke flygte, hvis han bare står helt stille ligesom den dag med dådyret.

I lang tid møder han ingen på sin vej, og sol og måne har byttet plads flere gange, da skoven en dag åbner sig, og han ser en masse bygninger, der minder om den, der brændte ned ude i skoven. Bortset fra at disse konstruktioner er større og med flere detaljer. De ligger side om side, og skovbunden er erstattet af brede stenstier.

Han ved ikke, det hedder en landsby, ikke endnu.

Han kan dufte mad fra husene og haverne, men tænker, at det måske var den fejl, han begik sidst: at gå ind i hytten. Det overraskede manden, da han vendte tilbage. Skræmte ham væk.

Han ønsker ikke at skræmme.

I stedet bevæger han sig med forsigtige skridt ned ad en af de tomme gader. Han kan høre stemmer. Bankende og skramlende lyde fra værktøj, der arbejder. Han drejer om det næste hjørne.

Og stopper op.

Foran ham står en ung kvinde. Hun har en kurv på armen, og da hun får øje på ham, går hun også i stå.

Han står helt stille. Håber, at hun vil forstå, at der ikke er noget at være bange for, at han *ikke er noget at være bange for, og et kort sekund … et kort sekund tror han faktisk, at det er lykkedes ham at overbevise hende.*

Så skriger hun.

Lyden er høj og gennemtrængende, og det giver et sæt i ham. Han forventer, at hun vil stikke af, men hun bliver stående, fortsætter med at skrige, og han ved ikke, hvad han skal gøre.

Der lyder løbende skridt, høje stemmer, og så kommer de til syne. En bølge af mænd, der bremser op ved synet af ham. De har noget i hænderne. Kæppe og lange pinde med spidser for enden.

Han bliver, hvor han er, prøver med al tydelighed at vise, at han er harmløs, at han er ligesom dem, at han bare ønsker at …

Den første sten rammer ham i panden med en kraft, der får ham til at se dobbelt. En hvid stribe af smerte, som han ikke når at ryste af sig, før den næste sten rammer. Den banker ind i hans skulder, og han forstår ikke, hvor den røde farve, der pludselig løber ned over hans ansigt, kommer fra. Flere sten, en hel byge af dem, de hagler ned over ham, og han trækker sig stønnende baglæns. Så angriber flokken, råbende og brølende og svingende med det, som han indser er våben. Forfærdet vender han rundt og løber, drejer ned ad den næste gade og den næste og den næste, hurtigere, hurtigere!

Han søger skjul i en bygning, der er anderledes end de andre. Den har et lille tårn med en klokke i toppen, og indeni er der rækker af bænke, der alle vender mod en ophængt mand, hvis arme er bredt ud til siden. Der er slået søm igennem mandens hænder og fødder, og et øjeblik står han som naglet til gulvet. Hans hjerte føles som en splint i hans bryst. Hvis de får fat i ham … Har de også tænkt sig at slå søm igennem hans hænder og fødder og hænge ham op til skræk og skue?

Kort efter kan han høre dem udenfor. Nogen må have set ham gemme sig, og døren bankes op med et brag. Han tvinger sin krop i gang og styrter ud gennem en anden dør omme bagved. Løber ud over markerne, der omkranser landsbyen. Han er hurtigere end sine forfølgere, langt hurtigere, og da han når skoven, har deres råb for længst fortonet sig bag ham. Alligevel er det, som om han stadig kan høre dem. Indeni kan han høre dem, og han flygter.

Flygter.

Flygter.

KAPITEL 15

Han løber, indtil månen står højt, og udmattelsen tvinger ham til at gøre holdt. I en lille dam, der spejler nattens hvide øje, slukker han tørsten, og det er først, da han kigger op, at han ser det.

Et enligt hus under de sorte grantræer.

Han tør ikke gå derind, frygter at blive jaget bort endnu en gang. I stedet gemmer han sig i det tilstødende skur. Der er ikke plads nok til, at han kan ligge udstrakt, men der er tørt, og der er ly for vind og vejr. I det ene hjørne ligger noget halm, som han spreder ud på gulvet, der består af nøgen jord. Han bløder ikke længere, men hele hans krop er øm og forslået efter mødet med stenene. Han forstår ikke, hvorfor kvinden skreg, eller hvorfor mændene jagtede ham. Hvad kunne han have gjort anderledes?

Han lægger sig til rette i halmen, men selv om han er træt, er han længe om at falde i søvn. Da han endelig glider bort, drømmer han om manden med søm gennem sine hænder og fødder. I drømmen er mandens øjne ikke lukkede, som om han sover fredfyldt. De er spærret vidt op, og han skriger, mens blodet siler fra sårene.

* * *

Sære lyde vækker ham.

De kommer fra den anden side af trævæggen, og han sætter sig op. Lægger øjet mod en sprække mellem brædderne og ser ind i huset, som skuret er bygget op ad.

Lige der – så tæt på, at han kan tælle hårene på deres hoveder – er en mand og en kvinde og en dreng.

Det er dem, lydene kommer fra. Sælsomme, smukke, næsten syngende lyde, og det går op for ham, at de kan forstå hinanden. At lydene for dem danner en mening, der ligger uden for hans fatteevne.

Kort efter forlader de huset og begiver sig ind i skoven.

Da de er væk, kryber han ud af sit skjul. I en lille indhegning ved siden af dammen, som han drak af i nat, står et hornet dyr og gumler på en græstot. Det kigger sløvt på ham. I modsætning til menneskene reagerer den overhovedet ikke på hans tilstedeværelse. Hvorfor ikke? Hvorfor reagerer den med ligegyldighed, når de andre reagerer så voldsomt?

Han skubber forsigtigt døren op og træder ind i huset. Må dukke sig i døråbningen, der er alt for lav til ham.

Inde i huset er der flere rum, som er forskellige fra hinanden. Ét er fyldt med redskaber og gryder som den, der hang over ilden i hytten. Et andet indeholder tre aflange kasser med bløde tæpper. Det tredje er det rum, han kan se igennem sprækken i væggen.

På en hylde står en række genstande magen til den, han fandt i frakkelommen, disse er blot større og tykkere. Han skal til at tage en af dem ned, da han bliver opmærksom på noget bag sig.

Han vender sig om, og det giver et stød i ham.

I en stol nær det udslukte ildsted sidder en gammel mand og kigger lige på ham.

I flere sekunder er der ingen af dem, der bevæger sig.

Stilhed.

Stilhed.

Så går det op for ham, at han tager fejl. Den gamle kigger ikke lige på ham, men lidt ved siden af. Som om han har fået øje på noget bag ham, og først nu lægger han mærke til det. Mandens øjne. Der er noget anderledes ved dem. Noget … forkert. Det ser ud, som om en hvid hinde ligger over dem. Som om farverne i dem er falmet. Prøvende flytter han sig lydløst til siden. Den gamle mand følger ham ikke med blikket, og han forstår, at det kan manden ikke. Hans øjne virker ikke, og den gamle, der slet ikke har hørt ham, er ikke klar over, at han ikke er alene.

Varsomt og med dunkende hjerte trækker han sig tilbage. Men da han skal til at forlade rummet, slår hjørnet af frakken mod døren, og den gamle løfter hovedet.

"Hallo?" siger han. "Felix, er det dig?"

Han ønsker, at han forstod ordene. Ønsker, at han kunne svare. At han turde give sig til kende. Men det tør han ikke. For første gang har han stået ansigt til ansigt med et af disse væsener, som han af uforklarlige årsager føler sig beslægtet med, uden at det blev skræmt fra vid og sans, og han tør ikke sætte det over styr. Han kender ikke den sælsomme, næsten boblende følelse, der strømmer igennem ham, idet han lister ud af huset og søger tilbage til sit skjulested. Den får hans hjerte til at slå på en anden måde end før, hurtigere og lettere, og først senere vil han være i stand til at sætte det rigtige ord på.

Håb.

* * *

Dagene går.

Uset opholder han sig i skuret og observerer i smug familien på den anden side af væggen. Han suger deres stemmer til sig, og det slør, der ligger over deres sprog, løfter sig gradvist, efterhånden som enkelte ord begynder at give mening for ham. Tings navne. Deres *navne.*

'Farfar' kalder de den gamle. Den yngre mand hedder Felix og kvinden Agatha, men drengen, hvis navn er Ernest, kalder dem 'far' og 'mor'.

Han spekulerer på, om han også selv har et navn.

Dagene går.

Hver morgen drager manden ud i skoven, hvor han hugger brænde. En del af det slæber han med hjem, resten sælges på noget, de kalder et marked. Sommetider tager kvinden og drengen afsted sammen med ham, andre gange bliver de i hytten hos den gamle, der af og til spiller på en kasse med strenge, som farfars fingre kan få de mest fantastiske toner ud af. Toner, der både kan sætte et smil på læben og bringe tårerne frem i øjnene. Mens Felix er væk, underviser Agatha drengen i at læse og regne, uvidende om at der bag den tynde trævæg sidder endnu en elev, som lytter med opmærksomt øre.

Dagene går.

En morgen, hvor kun farfar er hjemme og sidder og blunder i stolen ved ildstedet, sniger han sig ind i huset og snupper nogle af de tykke bøger fra stuen. Bibelen *hedder den ene,* Det tabte Paradis *hedder en af de andre, og ude i skuret sætter han sig til at læse, tygger sig langsomt gennem ordene. Og gisper ved de billeder, de danner i hans hoved. Flere sider vendes. Hurtigere og hurtigere.*

Dagene går.

Han lærer sprog, ord, bogstaver og tal, men han lærer også andre ting ved at betragte den lille familie gennem sprækken i væggen. Han ser deres berøringer, deres kys, deres smil, deres kærtegn. Han ser deres omsorg og deres kærlighed, og han ønsker med en brændende længsel at være en del af det fællesskab, de har.

Men han har også lært noget andet.

Disse væsener – mennesker – er ikke som ham. Han er anderledes, og nu forstår han, hvorfor manden i hytten flygtede, hvorfor kvinden i byen skreg, hvorfor mændene jagtede ham med sten og kæppe.

Deres kroppe er yndefulde og elegante, deres ansigter glatte og symmetriske.

Hans krop, derimod … Hans ansigt …

Hver dag ser han det spejlet i vandet, når han drikker af dammen bag skuret, og han kender efterhånden de ord, der skal bruges til at beskrive det.

Hæslig. Ækel. Afskyelig. Grufuld.

Monster.

Men hvorfor? Hvorfor er han ikke som dem? Hvor kommer han fra? Hvorfor har han ikke set andre, der er ligesom ham? Hvad er han? Hvem *er han?*

Han har læst i Bibelen, at mennesket – ligesom alt andet – blev skabt af Gud, og han tænker tilbage på sit tidligste minde. Tågen, der skiltes for hans blik. Ansigtet, der kom til syne. De stirrende øjne.

Var det Gud, han så?

Men hvorfor skabte Gud ham anderledes end andre mennesker? Hvorfor løb han sin vej?

Dagene går.

Træernes blade begynder at folde sig ud, irgrønne og stærke. Blomster vælder op af den lune jord, vejret bliver varmere, dagene længere. Men det er ikke den eneste forandring. Der er også noget anderledes ved Agatha. Hendes mave er begyndt at vokse. Et barn, siger de. Hun skal have et barn.

En dag hører han hende tale med lille Ernest om det.

"Det er mærkeligt at tænke på, ikke?" siger hun og stryger ham over det nøddebrune hår. "At du også engang lå inde i min mave. Nu er du en stor dreng på vej til at blive en ung mand."

"Tror du, det bliver en dreng eller en pige?" spørger Ernest og lægger sin hånd på den runde mave.

"Det finder vi snart ud af."

I det samme gisper han og smiler stort. "Jeg kan mærke den sparke!"

Ordene forbavser den skjulte lytter bag væggen. Kan det virkelig passe? Men det stemmer jo slet ikke overens med hans egen tilblivelse. Han har aldrig været mindre, end han er nu. Han har aldrig været et barn. Har aldrig ligget inde i en mave eller haft en mor eller far. Ligesom Adam og hans hustru blev han skabt, som han er nu, og han vender tilbage til Bibelen og læser igen den del, han ikke forstod første gang. At Adam og Eva heller ikke er som alle andre. At de også fik børn. Kain og Abel. En frygtelig historie, og han begriber ikke det utæmmelige raseri, der fik Kain til at slå sin egen bror ihjel.

Men senere … senere vil han forstå.

Dagene går.

Han kan ikke vise sig for den lille familie, som han er begyndt at elske højt, men han kan hjælpe dem. De er fattige folk, og det skærer ham i hjertet, når han ser Felix springe sit måltid over for at give det til sin gravide kone eller til sin voksende søn eller til sin gamle far. De har mere brug for det, end han har, siger han med et smil, der ikke når hans trætte øjne.

Om natten trasker husets hemmelige gæst derfor ud i skoven og henter brændsel til familien, så stakken af brændeknuder er dobbelt så høj næste morgen. Farfaren er begyndt at tale om en god ånd, der holder hånden over dem, og siger, at han tit har følt, at han ikke er alene, selv om han er den eneste i huset. Første gang han sagde dette, gik Felix målrettet hen til skuret og slog døren op. Det var i sidste øjeblik, at "den gode ånd" nåede at feje halmen hen over de lånte bøger og smutte ud gennem de løse brædder i bagvæggen.

Dagene går.

En nat, hvor han er ude og samle brænde under de tindrende stjerner, falder den lille bog ud af lommen i hans frakke. Han havde rent glemt alt om den. Han samler den op, men kan kun skimte enkelte af ordene i mørket. Ord, han nu kan læse, og hans hjerte banker hurtigere.

Hvad mon der står i den?

Han kan ikke vente på morgengryet, men laver en lille pyramide af træknuder og kviste. Gnisterne springer fra flintestenene, og snart brænder et stille bål.

Han åbner bogen og begynder at læse.

Og hele hans verden ændrer sig.

* * *

Et eksperiment. Han er et eksperiment. Skabt i et laboratorium, bygget af døde mennesker og dyr.

Bygget og vækket til live.

Og forladt.

Han ser ansigtet i tågen for sig. Hans skaber. Ikke Gud, men et menneske, der i detaljer har nedfældet alt om sit sygelige arbejde. Det arbejde, som han *er resultatet af. En monstrøs skabning, der ikke burde eksistere. En vederstyggelighed, der ikke har nogen plads i verden.*

Den sidste optegnelse i bogen er fra fødselsnatten. 'I dag er dagen!' *lyder den første, euforiske sætning, men i de øjne, der stirrede på ham, var der ingen jubel at spore. Kun rædsel.*

"VicTor FrankeNstein," *hvisker han. Hans skabers navn og de første ord, der kommer ud af hans mund. Han knuger dagbogen hårdt, mens han stirrer ind i flammerne, stirrer, indtil der ikke er andet end gløder tilbage.*

Han tænker på den angst og forvirring, der i de første dage var hans eneste følgesvend.

Han tænker på stenene, der regnede ned over ham, og flugten fra landsbyen.

Han tænker på dådyret, der græssede videre, selv om den vidste, at han var der.

Han tænker på den lille familie i det fattige hus.

Han tænker, at han ikke burde leve.

Men det gør han.

Han lever.

Han rejser sig.

Og går hjem.

KAPITEL 16

Han har besluttet sig for at tage kontakt.

I sine tanker har han forestillet sig tusinder af måder at træde frem for familien på, og når han trasker rundt ude i skoven for at finde føde – han ønsker ikke at tage fra det i forvejen trængte hjem – øver han sig.

Hans egen stemme er ikke blid og melodisk som deres, men rå og klangløs, og i starten vil tungen ikke makke ret. Men efterhånden tager ordene form, og han tænker, at det hele handler om at få dem til at lytte. Med sine høflige og venlige ord håber han at kunne vende deres umiddelbare afsky til medlidenhed og vinde deres forståelse og nåde. Han ved, at de er kærlige mennesker. Det har han selv set, og snart vil et nyt barn komme til verden og få del i deres kærlighed. Skulle denne kærlighed da ikke også kunne rumme ham? Han er måske nok hæslig udenpå, men indeni … 'En god ånd' kalder farfar ham, og han tænker, at det er den vej, han skal gå. Gennem den gamle mand, der ikke kan se.

Flere gange er han lige ved at gøre det, men hver gang trækker han sig igen. Han har prøvet at være bange før, men aldrig på denne måde.

Det føles, som om han står over for en afgrund og er på vej til at tage skridtet ud over. Hvis han gør det her, vil det være uigenkaldeligt.

* * *

Da han endelig føler sig klar til at give sig til kende, kommer der en uforudset begivenhed i vejen, som brat sætter hans plan på pause. Faktisk er den nær ved at slå ham ihjel.

Han er ude i skoven, nede ved floden, hvor han fanger fisk med de bare hænder, da han hører latter og hurtige skridt. De nærmer sig. Han trækker sig tilbage og skjuler sig bag et træ. Holder vejret.

En ung pige kommer løbende. Det er hende, der ler, mens hun kigger sig over skulderen, som om hun for sjov stikker af fra en eller anden. Hun kryber om bag en busk og bevæger sig fnisende langs den stejle skrænt, som leder ned til floden. Hendes sorte hår, der er snoet i en fletning, gløder i solen, kinderne er røde som morgenskyerne. Hun bider sig legesygt i læben og trækker op i kjolen, så den ikke rammer krattet. Lidt af hendes bare ben kommer til syne.

Han betragter hende fascineret og mærker noget indeni røre på sig. En snurrende følelse dybt nede i maven. Aldrig har han set så smukt et væsen.

Pludselig glider hun. Med et forskrækket udbrud tumler hun ned ad skrænten og forsvinder i floden med et plask. En arm og et ben dukker op, men trækkes så ned igen af den rivende strøm.

Han betænker sig ikke to gange, men forlader sit skjul og springer ned i vandet efter hende. En stor sten bremser kortvarigt pigens tur ned ad floden, og han får fat i hendes kjole, kæmper mod strømmen, der forsøger at flå hende ud af hans greb. Men selv om strømmen er stærk, så er han stærkere, og med et støn får han trukket hende op på bredden. Hun er bevidstløs. Hendes gennemblødte kjole er revet itu, og hun bløder fra et sår i panden. Blodet løber i en lige linje ned over hendes rene, lyse hud, der forekommer ham lige så sart som papir.

Han stryger hende over kinden, og det sitrer i ham, da han rører hende. Så blød hun er. I det samme hoster hun voldsomt. Vand skvulper ud af hendes mund, og hun åbner øjnene. Ved synet af sin redningsmand giver det et sæt i hende, og han kan se, at hun skal til at skrige. Han lægger en hånd over hendes mund, mens han ryster på hovedet, prøver at fortælle hende, at hun ikke må være bange. Men nu bliver skrækken til vild panik, hun vrider og vender sig, sparker og slår, og han knurrer af smerte, da hendes negle kradser hul i hans ansigt.

Der er en bevægelse i buskadset til højre for ham, og en mand kommer til syne. Det må være ham, den unge pige i leg gemte sig for. Manden stopper op, står et øjeblik som lammet. Han har en form for stok i hånden, som han med et gisp trækker op til ansigtet.

Stokken lyner. Braget får en fugleflok til at lette fra træerne, og det føles, som om hele hans brystkasse eksploderer. Han blæses baglæns, og kvinden kommer på benene, løber mod manden, der igen tager sigte med stokken.

"Dræb ham!" skriger hun. "Han prøvede at slå mig ihjel!"

Endnu et brag og endnu et ildglimt, og en stor luns bliver flået af træstammen ved siden af ham.

"Dræb ham!"

Et stærkt raseri griber ham, og et øjeblik er han lige ved at gå til angreb. Han reddede hendes liv, og dette er takken!? Hvad bilder de sig ind? HVAD BILDER DE SIG IND?

Men han holder sig selv tilbage, og i stedet – da manden hæver stokken for tredje gang – kaster han sig ud i den skummende flod og lader strømmen føre sig bort.

* * *

Længere nede ad floden slæber han sig i land. Venstre side af hans bryst er ét stort, blodigt krater, men med blade og strimler af bark lykkes det ham at stoppe blødningen. Sorte og hvide prikker springer for hans blik, og han kan næppe huske turen hjem gennem skoven.

De næste dage føles det, som om der er ild i hans skulder, og der går lang tid, før han igen kan bevæge armen.

Af og til mærker han en snert af den vrede, der var ved at løbe af med ham nede ved floden, og ville næsten ønske, at han havde ladet det utaknemmelige pigebarn drukne. Denne tanke efterfølges altid af skamfølelse. De vidste trods alt ikke bedre. De så ikke, hvad der skete, og de misforstod situationen. De troede, at det var ham, der overfaldt hende og prøvede at trække hende med ned i det brusende vand. Et uhyre fra floden som i de historier, Agatha nogle gange fortæller sin søn.

Men et sted indeni føler han, at han lyver over for sig selv, at der er en sandhed, han nægter at se i øjnene, og selv om smerten i brystet gradvist aftager, og det knuste kød langsomt reparerer sig selv, bliver han ved med at udskyde sin plan om at tage kontakt til familien. Hvis han var bange før, så er han nu direkte skrækslagen. Tænk, hvis de reagerer på samme måde som kvinden. Det vil han ikke kunne bære, og han frygter, hvad det vil gøre ved ham.

Men han frygter også, at de en dag vil opdage ham. At Felix en morgen overrasker ham ved at åbne skuret, eller drengen ser ham slukke tørsten i dammen. Så vil alt være tabt. Sommetider ønsker han, at han var blevet i skoven og aldrig havde følt andet end kroppens sult og tørst. At denne anden længsel aldrig var opstået.

Skoven står nu i fuldt flor. Nætterne bliver aldrig helt mørke, og Agathes mave ser ud, som om den er ved at sprænges. Hun er hjemme sammen med Ernest og farfar det meste af tiden, men en varm, solrig formiddag forlader hun huset sammen med sin søn og mand for at gå en tur. Farfar bliver alene tilbage.

Ude i skuret ser den hemmelige logerende dem forsvinde ind i skoven, og han indser, at øjeblikket er kommet.

Det er nu.

Det er nu.

Hans mund er tør, og det prikker sært i hans hud, da han endegyldigt forlader sit skjul. Efter tre skridt svigter benene ham. Han mærker kræfterne og modet sive ud af sig, og et øjeblik er han ved at flygte tilbage ind i skuret. Han kan ikke gøre det.

Men han tvinger benene i gang.

Går hen til husets dør.

Lukker øjnene.

Banker på.

"Kom ind," lyder farfars stemme inde fra huset.

Han stirrer på sin hånd, der folder sig om dørhåndtaget. Der presser det i bund. Der skubber døren op.

"Hvem er det?"

Det føles ikke, som om det er ham, der bevæger sig mod døren til stuen, men omvendt. Som om det er døren, der flytter sig nærmere og nærmere, og han selv står helt stille.

Den gamle mand sidder i stolen ved ildstedet. Hans ødelagte øjne er rettet mod et punkt i loftet. "Hvem er det?" spørger farfar igen.

Den store skikkelse i døråbningen rømmer sig. Så kommer de, ordene. De ord, han har øvet sig på så længe. Som famlende, nervøse fingre, der føler sig usikkert frem.

"**UndsKyld, jeg trængeR ... mig på**." *Hans stemme lyder underligt fjern i hans ører, overdøves næsten af hjertets hamren.* "**Jeg er på rejSe og har ... bRug for lidt hvile**."

Et øjeblik frygter han, at farfar ikke forstår ham, at hans stemme er for mudret til, at ordene giver mening. Men den gamle mand nikker og slår armen ud mod sofaen.

"Kom indenfor, og sæt Dem endelig ned. Uheldigvis er resten af min familie ikke hjemme, og da jeg er blind, har jeg svært ved at hjælpe Dem med mad og drikke. Men de er nok snart tilbage og kan sørge lidt for Dem."

Han taler til ham. Farfar taler til ham, og der er kun venlighed at spore i hans stemme.

"Tak, men mad … haR jeg. Det er kun hviLe og … lidt selskab, jeg tRænger til."

"Jamen så har jeg fornøjelsen af at kunne give Dem begge dele," siger farfar og smiler. Kan det her virkelig passe?

Han går hen til sofaen og sætter sig. Uvirkeligt. Det hele føles uvirkeligt. At han sidder her i stuen og fører en samtale. At han sidder over for et menneske, der ikke løber skrigende bort.

På væggen hænger et ur. Et pendul svinger fra side til side og gør opmærksom på, at tiden går. Iler. Han ved, at hvert minut er kostbart. Felix, Agatha og Ernest kan være tilbage hvert øjeblik, og han er nødt til at plante sine frø inden da. Men han er pludselig løbet tør for ord. Alt det, han har forberedt, er som smeltet bort, og for en stund er den eneste lyd tidens tikkende gang.

"Har De rejst langt?" spørger farfar.

"Ja," *svarer han og fortsætter uden pause for at holde tungen på gled.* **"Men jeg håber, at jeg sNart … er fremme ved mit mÅl. Selv om jeg fRygter … hvad jeg fiNder."**

"Frygter?" Farfar rynker panden. Hans øjne bevæger sig hele tiden i små ryk, som om han spejder efter noget. "Hvorfor?"

"Jeg er ulykkeLig og enSom. Jeg haR ingen … faMilie eller venner, meN er … aleNe. De mennesKer, jeg er på vej heN til … er raRe og venlige, men de keNder mig ikke. Jeg frygTer … deres reaKtion, når de ser mig."

"Hvorfor skulle disse mennesker reagere anderledes, end De håber? De lyder jo selv som et rart og venligt menneske."

Ordene forvandler hans hjerte til en fugl i hans bryst. "**Mit udseende er ... særpræget. Jeg frygTer, at de ikke viL se ... en god veN, men et hæsLigt uhyre.**"

"Så slemt er det vel næppe."

"**Jo.**"

Den gamle mand åbner munden for at sige noget mere, men lukker den så igen. For en stund sidder han tavs. Så rykker han frem i stolen og rækker sine hænder ud. "Må jeg?" spørger han.

Et øjeblik ved han ikke, hvad farfar har tænkt sig, men så går det op for ham. Den gamle mand kan ikke se med sine øjne, men han kan se med sine fingre, og hans første indskydelse er at trække sig væk. Men han bliver siddende, hænderne kommer nærmere, og det gnistrer i ham ved den forsigtige berøring. Fremmede, ubrugte nerver vækkes til live, det føles næsten, som om hans hud brænder, men det gør ikke ondt, tværtimod. Fingrene glider undersøgende ned over hans ansigt, og den gamle mand åbner munden i et stille gisp.

"Du godeste," hvisker han. Men han trækker ikke hænderne til sig, fortsætter blot sin nysgerrige undersøgelse. Stryger hen over arrene og syningerne. De brede læber. Den tunge pande. De dybe øjenhuler. Den snudeagtige næse og fremstående kæber. Danner sig et indre billede af det ansigt, der næsten ikke har noget tilfælles med hans eget. "Hvad er der dog hændt Dem?"

"**Sådan haR jeg ... altid set ud,**" *siger han stille.* "**ForStår De mig nu?**"

Den gamle mand sænker langsomt armene. "Jeg forstår Deres tragedie. Ikke alle mennesker er lige imødekommende, og det er ulykkeligt at være venneløs. Men de mennesker, De taler om ... Hvis de er lige så gode og venlige, som De siger, så er der ingen grund til at fortvivle."

"**De *er* gode og veNlige, det ved jeg. Jeg haR i ... hemmeLighed holdt mig nær dem og seLv ... set det. Jeg har**

hjuLpet dem, når jeg kunne, meN ..." *Han ryster på hovedet, selv om farfar ikke kan se det.* "**Nu ved De, hvorfor jeg frygTer ... at forlade mit sKjul. Denne faMilie er min ... eneste chaNce. Afviser de mig, eR jeg en udsTødt i ... verden for eVigt.**"

"Hvor ..." begynder den gamle mand, men tøver så. Da han fortsætter, er tonen i hans stemme anderledes. Som om noget er ved at gå op for ham. "Hvor bor disse mennesker?"

Han synker en klump og tør næsten ikke fortsætte. "**NæR dette sted.**"

Igen går der et stykke tid, før farfar siger noget. Så ryster han på hovedet. "Intet menneske har fortjent den skæbne, De beretter om. Det vil være mig en glæde, hvis jeg på nogen måde kan hjælpe Dem."

Stilhed. Kun urets tikken. Hans hjertes dunken. Drømmer han? Han tør næsten ikke blinke af skræk for at vågne.

Farfar lægger en hånd på hans skulder. Hans mælkehvide blik sitrer, men ser næsten ind i hans. "Hvad nu, hvis jeg forbereder disse mennesker på mødet med Dem? De frygter for familiens reaktion, men jeg kan måske dreje deres fordomme i en anden retning ved at fortælle om det gode og velgørende væsen, De tydeligvis er."

"**Tak,**" *hvisker han med en stemme tømt for kraft. Verden flyder ud, da tårerne samler sig i hans øjne og løber ned ad hans kinder.* "**Tak.**"

"Fortæl mig nu: Hvad er navnet på disse venlige mennesker?"

Denne gang er det ham, der tøver. Han er overbevist om, at den gamle mand allerede har regnet svaret ud, men alligevel gribes han et øjeblik af angst for at tabe det hele på gulvet. Han har løftet foden, der svæver over afgrunden. Det er nu, han vil finde af, om han vil flyve eller falde.

Han åbner munden, men inden han når at svare, lyder der skridt og stemmer udenfor. Resten af familien er vendt tilbage, tiden er løbet fra ham, og han griber fat om den gamle mands hænder. Klemmer dem så hårdt, at farfars ansigt fortrækker sig i en pinefuld grimasse.

"De og deres faMilie er de venner, jeg søger! Jeg bedeR Dem ... sVigt ikke Deres løFte!"

Hoveddøren går op, og han kan høre Felix, Agatha og Ernest træde ind i huset.

"Det gør ondt," gisper farfar og prøver at trække hænderne til sig.

Drengen dukker op i døren til stuen. Chok slår rødder i hans ansigt, der bliver gråt som aske.

"Farfar ..." hvisker han.

Agatha og Felix kommer løbende og stivner kortvarigt ved det syn, der møder dem.

Så bryder kaos løs.

Agatha holder en hånd op for munden, men når ikke engang at gispe, før hun besvimer. Ernest begynder at skrige højt. Felix siger ikke et ord, han handler. Griber farfars stok og banker brølende løs på gæsten med brutal styrke.

Han forsøger at skærme sig mod slagene, der hagler ned over ham og hamrer verden ud af fokus. Men det er ikke smerte, han føler. Det er vrede. Den eksploderer igennem ham med ødelæggende styrke, og i sine tanker ser han, hvordan han flår stokken ud af Felix' greb og vender slagene den anden vej, forvandler sin overfaldsmand til en blodig masse. Dernæst den skrigende dreng, så kvinden på gulvet og til sidst den gamle mand, der alligevel ikke var i stand til at hjælpe ham. Han tvinger synet ud af hovedet, kæmper sig på benene og flygter ud af huset, inden raseriet tager magten fra ham, og billederne bliver til virkelighed.

Verden er en afgrund, og han falder.

KAPITEL 17

Alting – skoven, himlen, hans tanker – er sløret af en rød tåge, og han styrter afsted uden mål og uden retning. Indtil han får øje på dådyret. Det er en tro kopi af det, han så græsse ved bækken dengang, og det stikker af, da det hører ham komme. Han sætter jagten ind, løber snerrende efter dyret, der siksakker ud og ind mellem træerne. Haler ind på det. Han bevæger sig med en fart, intet almindeligt menneske kan komme op i, og uanset hvor mange krumspring dyret gør, kan det ikke slippe af med sin forfølger. Han kaster sig over det, griber fat i geviret og vrider hovedet hele vejen rundt. Dådyret kollapser, og han stirrer prustende ind i de mørke, glansløse øjne. Føler intet ud over svulmende raseri. Han har lyst til at flå hele skoven fra hinanden. At knuse træerne til splinter, at lukke næverne om de syngende fugle og kvase deres sang, at rive solen ned fra himlen og trampe den i stykker, at opsøge menneskets byer og sprede den rædsel, han allerede er blevet dømt for; at ødelægge, ødelægge, ødelægge!

Forbandede mennesker!

Forbandede skæbne!

Forbandede, forbandede skaber!

Han standser nede ved floden og hamrer brølende næverne ned i sit eget spejlbillede, så vandet står op om ham.

Til sidst stilner slagene af, og hans ansigt samler sig igen i den mørke flade som en uudslettelig hån. Raseriet er ikke forsvundet, men andre følelser er begyndt at blande sig. Fortvivlelse. Magtesløshed.

Han tænker på manden, der skød ham, og ville ønske, at skuddet havde været dræbende.

Men det var det ikke.

Han tænker på ansigtet i tågen og ville ønske, at han aldrig var blevet skabt.

Men det er han.

Han tager frakken af og lægger den på bredden. Den er revnet i skuldrene og ryggen, sprængt af hans alt for store krop, og hænger næsten ikke sammen længere. Han spekulerer på, hvem der en dag vil finde den og dagbogen i lommen, og hvad vedkommende vil stille op med sit fund.

Nøgen går han ud i floden, der bruser om hans ankler.

Hans knæ.

Lår.

Mave.

Bryst.

Strømmen er stærk, men han bliver stående. Vandet går ham til halsen nu, føles som en løkke, der strammes.

Han lukker øjnene og dykker under.

Stilhed.

Stilhed og mørke.

Der er intet andet.

Han håber, at døden er på samme måde.

Langsomt tømmes kroppen for luft. Lungerne begynder at råbe på ilt. At skrige. Det rykker og sitrer i hans muskler, hjertet er en næve, der knyttes hårdere og hårdere, mørket og stilheden afløses af larmende billeder, der blitzer og springer i hans hoved. Stirrende øjne, bankende kæppe, lynende stokke, slag, spark, sten – og blide fingre, der glider ned ad hans ansigt som stille tårer …

Luft! Klar, livgivende luft, idet han bryder gennem flodens spejl og drikker den i store slurke.

Han kravler op af floden og synker stakåndet sammen i græsset. På den mørknende himmel er stjernerne begyndt at pible frem. Som nysgerrige øjne på ansigter, han ikke kan se.

Han kunne ikke vælge at leve, men han kan vælge at dø.

Han kan stadig føle Felix' stokkeslag mod sin ryg, men han kan også mærke farfars milde berøring, og det …

Det er ikke det, han vælger.

Måske er hans plan alligevel ikke slået fejl, tænker han. Tingene tog ganske vist en forkert drejning, men var det ikke lige så meget hans egen skyld? De så ham for tidligt. Det var jo netop chokket og forskrækkelsen, han ønskede at undgå, og det lykkedes ham rent faktisk at bevæge den blinde mands hjerte. Måske har farfar fortalt dem, hvordan det hele hænger sammen, og hvordan de misforstod situationen. Måske er skaden ikke uoprettelig.

Han tager frakken på og skynder sig tilbage til huset.

Som står tomt.

Et øjeblik står han bare og stirrer på den åbne dør, der klaprer i vinden. De mørke vinduer minder ham om dådyrets tomme blik.

De er væk. Har forladt huset i hast. På grund af ham. Det eneste bindeled mellem ham og menneskenes verden er forsvundet. Hans eneste chance. Hans eneste håb.

Han spekulerer på, om farfar har protesteret, eller om hans venlige ord blot var skuespil? Et usselt forsøg på at købe sig tid, indtil familien vendte tilbage?

Hans blik glider fra døren over til skuret, hvor han i så mange måneder har holdt sig skjult, og tilbage til det tomme hus.

Denne gang mærker han ikke raseriets bølger slå ukontrollabelt ind over sig. Hans tanker er stadig klare, hovedet koldt. Koldt som den følelse, der kommer helt inde fra kernen af hans sjæl, så ren og skarp som mørket mellem stjernerne.

Had.

Inde fra huset tager han det, han kan bruge. De er kommet hurtigt ud ad døren og har ikke fået det hele med. Han finder lidt mad i skabene. Nål og tråd og klæder, han kan lappe frakken med. En bog med landkort. Han pakker det i en bylt. Farfars guitar ligger på gulvet, selv om den var den gamle mands dyrebareste eje. Han tramper den i stykker og nyder følelsen af træet, der splintrer under ham.

Han tænder op i pejsen, og med en brændende gren sætter han ild til gardinerne og tæppet i farfars stol. Den får hurtigt fat. Vokser. Røgen snor sig som et reb mod himlen, hvor månen smiler bredt.

Snart er hele huset omsluttet af flammer, og han danser i det flakkende skær, mens han hyler mod nattehimlen, og røgen får tårerne til at trille ned ad hans kinder og rundt om læberne, der er formet i noget, som både kan ligne et grin og et skrig.

***

Ilden er brændt ud. Huset er væk. Det eneste, der er tilbage, er nogle forkullede rester på den sortsvedne jord.

Bag træerne gløder morgensolen rødt. Som om ilden har fænget, og hele verden står i brand.

Han stikker en hånd i lommen og tager dagbogen frem. Hvisker navnet for sig selv. Nej, hvisler.

"**FrankeNstein**."

Hans skaber, der har født ham ind i en tilværelse af svigt, smerte og ensomhed, og for første gang føler han en mening med sin eksistens. En retning og et formål.

Hævn.

Men også noget mere end det.

Noget større.

Han begynder at gå.

KAPITEL 18

Fra dagbogen ved han, at Victor Frankenstein kommer fra byen Genève i landet Schweiz, men at han studerer på et universitet i Ingolstadt, hvor han på sit hemmelige laboratorium udførte sit eksperiment. Det eksperiment, der nu er på vej for at hjemsøge ham som en ond drøm.

Der er gået mange måneder, siden deres veje skiltes, og han ved ikke, om hans skaber befinder sig i Ingolstadt, eller om han i mellemtiden er taget hjem. Men kursen er sat mod Genéve. Selv hvis Frankenstein stadig opholder sig på universitetet, så ved han præcis, hvordan han skal få sin skaber til at vende tilbage til sin fødeby. I dagbogen har han nemlig også læst om mandens familie.

Faren, som er enkemand.

Elizabeth, som han en dag skal giftes med.

William, som er hans lillebror.

Og så et navn mere, som er gået igen mindst lige så ofte: Henry, hans barndomsven.

Alle brikker i det spil, som videnskabsmanden uvidende har sat i gang med sine selviske handlinger.

Rejsen foregår om natten, under månen og stjernerne, i blæst og sne og silende regn. Han er en skygge, der flytter sig i ly af mørket, hurtigt og uden stop. I bogen med landkort har han fundet sit mål, og retningen er sat mod sydvest.

Han sover om dagen i fugtige huler og lever af mos, sne, rødder og træernes bark.

Hver morgen, inden han går til ro, læser han i dagbogen. Bearbejder hver en formulering, hvert et ord, og hele tiden lærer han forfatteren en smule bedre at kende.

Hvilket kun får ham til at hade ham endnu mere.

Frankenstein har både familie, venner og kærlighed i sit liv, men han påskønner intet af det. Han ved ikke, hvor heldig han er, for han ser intet andet end sig selv i sin jagt på storhed og berømmelse. Ligesom farfar er han en blind mand.

Men snart vil hans øjne åbnes.

* * *

Rejsen varer flere måneder. Sommer bliver til efterår, der bliver til vinter. Han holder sig på lang afstand af mennesker og bevæger sig i store buer uden om de landsbyer, han bruger som pejlemærker. Enkelte gange går han forkert og spilder flere dage, før han igen er på rette vej.

Men han nærmer sig.

Vinteren med sine mørke nætter og kolde luft afløses efterhånden af mildere vinde og længere dage. De tilfrosne floder begynder igen at bruse, trækronerne åbner sig, jordbunden bliver grøn. Han ser blomster i fantastiske farver og dyreunger, der leger i krattet.

Hadet brænder stadig i ham som et uslukkeligt lys, men de dage, hvor solen bader verden i sin bløde varme, og luften er fyldt med den berusende duft af forår, vækkes andre følelser til live i ham. Følelser, han troede var døde og borte sammen med familien i det lille hus. De dage glemmer han sommetider sin ensomhed og drister sig for en stund til at føle glæde.

Ja, han hader, men han kan også stadig elske.

Ja, livet kan være grusomt, men det kan også være smukt.

Han rejser videre.

Nærmer sig.

* * *

Det er et af den slags tilfælde, der får en til at spekulere på, om der er mere mellem himmel og jord. Om der findes en usynlig kraft, som trækker i livets tråde, og om det, der kaldes skæbnen, findes.

Han er næsten fremme ved sit mål, og det giver et sug i ham, da han træder rundt om en klippeside, og Genève åbenbarer sig for ham.

Aldrig har han set så stor en by.

Tårne, spir, kunstfærdige bygningsværker, et mylder af huse, gader og stræder, der væver sig ud og ind mellem hinanden som tråde i et spindelvæv. Den triumf, han forventede at føle, når han endelig nåede frem, drukner i afmagt: Hvordan skal han nogensinde finde den familie, han leder efter?

Svar: ved et tilfælde, der næsten virker som mere end det.

Forsigtigt sniger han sig tættere på byen og bryder dermed sin egen regel om kun at drage videre efter mørkets frembrud. Han befinder sig i et område, der består af skov, klipper og anlagte grusstier, da han hører stemmer.

Han kigger frem fra sit skjul og ser tre mennesker komme gående. En ældre mand, en yngre kvinde og en dreng. De må ikke opdage ham – det vil ødelægge alt, hvis de gør – og han skal netop til at trække sig væk, da han hører den ældre mand sige noget, der får ham til at stoppe op.

"Jeg kan ikke forstå, hvorfor Victor ikke er kommet hjem endnu, Eli-

zabeth. Han har ikke engang skrevet, hvornår han planlægger sin hjemrejse. Jo, efter vinteren, men den er overstået for længst."

"Han har jo været syg og er kommet bagud i sine studier," siger kvinden. Elizabeth. "Du kender ham. Victor gør ikke noget halvt."

"Lad os sætte os lidt." Manden peger på en bænk. "Mit knæ trænger til det."

"Du kan måske mærke, at der er en storm på vej?" siger Elizabeth og smiler.

"Jeg kan i hvert fald mærke, at jeg ikke er ung længere." Han dumper ned på bænken med et støn. "Er det virkelig seks år siden, han tog afsted?"

Elizabeth sætter sig ved siden af. "Tror du, vi kan kende ham, når han kommer hjem?"

"Tror du, han kan kende dig, min pige?" Den gamle klapper hende på kinden.

Hun rødmer. Kalder så på drengen, der er på vej ind i skoven. "Løb nu ikke for langt væk, William. Vi bliver her."

Drengen gør honnør og forsvinder ind i buskadset.

"Altid ude på opdagelse," siger manden og ryster stille på hovedet. "Ligesom sin storebror."

Ordene forsvinder næsten for den lyttende skikkelse, der står skjult tæt ved. Drukner i lyden af hans hjertes hamren.

Victor, Elizabeth og William. Navnene fra dagbogen. Frankensteins familie. Lige her, lige nu.

"William glæder sig sådan til at se Victor," siger Elizabeth. "Jeg hørte ham fortælle sine venner, at hans storebror en dag vil blive verdensberømt."

"Nå da," ler faren. "Intet mindre?"

Hun siger noget mere, men skikkelsen i skyggerne hører ikke hvad. Han har forladt sit skjul og lister efter drengen, der er løbet ind i skoven.

Snart får han øje på ham. William har samlet en gren op, som han slår mod træstammerne. Hans lyse, krøllede lokker stritter i alle retninger. En uskyldig dreng, der intet har med det her at gøre. Men livet er ikke altid retfærdigt, det ved han bedre end nogen, og hvis drengen er ligesom sin storebror, så gør han trods alt verden en tjeneste.

Han bevæger sig tættere på.

På et tidspunkt stopper William op og kigger på et smykke, han har hængende i en kæde om halsen. Det glimter i lyset fra den nedgående sol.

Tættere.

Et uforsigtigt skridt, og han træder på en gren, der knækker. Drengen ser op. Men han kan ikke placere lyden og kigger i den forkerte retning.

De sidste skridt tilbagelægges hurtigt, og han griber fat i William. Ikke hårdt og brutalt, men blidt, og et kort sekund slår tanken ham. At han måske ikke behøver at gøre det her. Måske har drengen levet for kort tid til, at han har opbygget en rædsel over for det groteske. Måske kan han tage ham med sig og oplære ham som sin ven. Sin … lillebror.

Men da William vender sig om og læner nakken tilbage for at se op på ansigtet over sig, svømmer skrækken ind over drengens blik, og i tankerne ryger han brat tilbage til laboratoriet, hvor han for første gang slog øjnene op. Ser ansigtet vokse frem af tågen. Hans skabers ansigt, hvis træk han tydeligt genkender i drengen foran sig. Og hadet æder alt.

William gør mine til at skrige, men lyden spærres inde, da han lægger sin hånd om drengens hals. Han kan mærke pulsslagene mod sin håndflade, hurtige og delikate. Han strammer grebet, der lyder et knæk, og den lille krop bliver slap. De blå øjne stirrer stadig, men nu ser drengen ikke længere bange ud.

Forsigtigt lægger han William på jorden. Føler sig underligt tom indeni. Han ser på smykket om drengens hals. En medaljon af guld, som han plukker af ham. Indeni er der et billede af en kvinde. Det må være drengens afdøde mor. Han har læst om hende i Frankensteins dagbog, og han knuger medaljonen hårdt. Han ved godt, at det ikke er hendes skyld, men det føles sådan. Var det ikke hende, der gav liv til den mand, der skabte ham? Var det ikke hende, der med sin død satte alt dette i bevægelse? På billedet smiler hun, uvidende om alt det, hun er årsag til, og han kommer til at tænke på Bibelens beretning om livet efter døden. Himmerige og Paradis og evig lyksalighed. Måske byder kvinden i dette øjeblik sin yngste søn velkommen.

Eller også er ordene ikke andet end det – ord. Snyd og bedrag og falske løfter. Måske findes der kun dette ene liv. Det forekommer ham mest sandsynligt.

Han tager medaljonen med sig.

* * *

Skoven er fyldt med folk, der leder efter drengen. Mørket er faldet på, og han kan høre deres råbende stemmer. Se faklerne, der brænder små huller i natten. Det er ham, der har sat dette i gang.

Den tanke kan han godt lide.

Han skjuler sig i en gammel lade. Falder i søvn i høet og sover uden at drømme. Indtil en knirkende lyd vækker ham.

Ladeporten. Den åbnes på klem. Har de fundet ham?

Han kryber sammen i høet og holder vejret. Udenfor er det stadig mørkt.

En kvinde træder ind. Hun leder åbenbart også efter et sted at sove, og med et suk lægger hun sig til rette på det knitrende underlag. Men hun har svært ved at falde i søvn. Hele tiden vender og drejer hun sig, og han trækker forsigtigt vejret, når høet larmer under hende.

Omsider bliver hendes åndedrag tunge og rolige, og han kravler frem fra sit skjul.

Striber af sølvfarvet månelys falder ind gennem sprækkerne i laden og ligger som tremmer over hendes krop.

Hun er smuk.

Smuk som Agatha. Smuk som kvinden, der faldt i floden. Smuk som Frankensteins forlovede.

Lange, elegante fingre. En fin næse. Bløde læber. Hud som nyfalden sne.

Så smuk.

Og så uopnåelig.

Selv om ... Et øjeblik leger han med tanken. At han, hvis hæslige legeme er skjult af mørket, vil kunne vinde hendes hjerte ved blot at hviske de rigtige ord i hendes øre:

Vågn op, smukke pige. Din elskede er nær – ham, der vil give sit liv for blot et enkelt kærligt blik fra dine øjne.

Kvinden rører på sig, og et frygteligt øjeblik tror han, at han har talt højt. Hans fantasi, dum og latterlig, krøller sammen og erstattes af den barske realitet: at denne kvinde – som alle andre – vil skrige, hvis hun vågner og ser ham. At hun vil rive ham med sine negle og sparke og slå. At hun vil angive ham som drengens morder.

Han mærker atter vreden stige op i sig. Hun har fortjent at blive straffet for det, hun vil gøre. For det, hun ikke *vil gøre. Straffet på en måde, der samtidig vil ramme Frankenstein.*

Det er dog først senere, at han bliver klar over, hvor sød denne hævn rent faktisk er. At kvinden i laden arbejder for familien Frankenstein, og at hun er som en ekstra søster for dem. Da denne sammenhæng går op for ham, mærker han en underlig, sitrende følelse, der starter helt nede i maven og arbejder sig op gennem halsen. Til at begynde med tror han, at det er et skrig, der er på vej, men det er det ikke. Det er latter. Det er første gang, han ler, og det føles på en gang godt og helt, helt forkert.

Inde i laden tager han medaljonen frem og anbringer den i kvindens lomme.

Smilende træder han ud i natten.

4

SKABEREN

KAPITEL 19

For første gang, siden han havde begyndt sin beretning, tav skabningen, og et øjeblik var den eneste lyd vinden på bjerget og bålets knitren.

Jeg stirrede på ham. Han stirrede igen.

Jeg ville lyve, hvis jeg påstod, at hans historie ikke havde rørt mig. Jeg kunne godt sætte mig ind i den frygt og forvirring, han må have følt, da han blev vækket til live på mit laboratorium. Ensomheden, længslen efter selskab og smerten over at være forhadt og fordømt. Undervejs mærkede jeg en grad af medlidenhed, ja, næsten en trang til at trøste ham.

Men da han kom til slutningen ...

Mordet på lille William ... Den falske anklage mod Justine ...

Det fik mit had til at blusse op med fornyet kraft. Jeg kunne til dels forstå den vrede, der var rettet mod mig, men at han havde ladet den gå ud over to uskyldige mennesker, var netop beviset på det, jeg hele tiden havde vidst: at monstret var den rene ondskab.

Jeg tænkte på det, han havde fortalt om den fattige familie i skoven. Hvordan han var flygtet fra stedet, inden raseriet havde taget magten fra ham, og jeg spekulerede på, om den del af fortællingen bare var noget, han forsøgte at bilde mig og måske sig selv ind. Havde han i virkeligheden slået dem ihjel? Pryglet dem til døde med farfarens stok? Havde den stakkels familie ligget derinde, da han brændte huset ned? Var det *derfor*, han havde brændt det ned? Jeg havde kun hans ord for det, der var sket, han kunne pynte på sin beretning, som han lystede, og endnu en skræmmende tanke slog mig: Hvad nu, hvis *intet* var foregået, som han fortalte? Hvad nu, hvis han havde hærget og dræbt på sin vej hertil?

"Jeg skulle ikke være flygtet den nat," sagde jeg, og noget i uhyrets blik skiftede. Det hårde udtryk blev mildere, næsten taknemmeligt, som om han troede, at jeg undskyldte min handling. Så fortsatte jeg: "Jeg skulle have skåret halsen over på dig, inden du nåede at åbne øjnene."

Han så lidt på mig. Så nikkede han langsomt. Ikke som udtryk for, at han gav mig ret, men som udtryk for, at mine ord bekræftede ham i, at han havde handlet rigtigt, da han havde myrdet William.

"***Da jeg rakTe hånden ud … mod dig, staK du af,***" sagde han. "***Men da jeg dræBte din bror, tog du … et skridT imod mig.***"

"Hvad vil du mig?" Vi var kommet til det, det hele handlede om, hvilket var mere end simpel hævn. Han havde ikke fortalt mig hele sin historie for så at slå mig ihjel.

"***Jeg har beRettet om min ensoMhed. Jeg har prøVet … at få dig til at foRstå.***"

"Hvad *vil* du mig?"

"***Jeg ved, at menneSket aldrig … vil omGås en som mig,***" sagde han. "***Men …***"

Men?

Jeg mærkede min mund tørre ud. Åh gud, hvad var det, han foreslog?

"***En, deR er lige så vansKabt som mig*** ..." Han lænede sig frem imod mig. Flammerne fra bålet spejlede sig i hans blik. "***En kviNde af samme arT. En, som ... kan væRe mit selskab og min ledSager ... Det væSen skal du skaBe til mig.***"

Jeg var lamslået. I mit hoved hvirvlede tankerne rundt, mens jeg prøvede at begribe rækkevidden af hans afsindige forslag.

"Jeg ... jeg kan hjælpe dig," hørte jeg mig selv sige. Min stemme lød, som om den kom fra bunden af en dyb brønd. "Du ønsker ikke dette usle liv, og det forstår jeg. Du gjorde ret i at prøve at drukne dig selv i floden. Reflekserne forhindrede dig i det, men jeg kan hjælpe dig. Jeg kan give dig den fred, du søger. Der findes medikamenter, som vil få dig til at falde i søvn, og du vil intet mærke. Ingen smerte, intet ubehag. Kun et tungt, velsignet ingenting. Det vil være som før, du blev født, og du ..."

"***Jeg bedeR om liv, og du tiLbyder mig døden,***" sagde han. Han talte dæmpet, men jeg kunne høre vreden ulme bag ordene. Som et tordenvejr i horisonten. Han løftede en finger og pegede på mig. "***Byg mig en kVinde, som jeg ... kan leVe sammen med, FranKenstein.***"

Jeg rystede på hovedet. Hele min krop dirrede. "Aldrig," hviskede jeg. Så igen, med mere kraft: "Aldrig! End ikke den værste tortur vil få mig til at gå med på dit forslag! Skulle jeg skabe et væsen mere som dig og dermed fordoble din ondskab? Jeg tager hellere mit eget liv!"

"***Din bRor var den førSte,***" sagde han, stadig stille og roligt. "***Din far bLiver den næste og så ElizAbeth. NægTer du ... eller tAger du dit eget liv, lÆgger jeg ... hele din faMilie i gRaven.***"

Det føltes, som om han havde stukket sin deforme hånd ind i mit bryst og grebet fat om mit hjerte. Nu forstod jeg, hvorfor han havde slået William ihjel. Det var ikke kun for at tage hævn og bringe mig hjem. Det var også for at demonstrere, hvad han var i stand til. Hvor langt han var villig til at gå.

*"**DreNgens død var huRtig og uden smerTe. Det … vil deres ikke væRe.**"* Ilden dansede i hans blege øjne. Som var han en djævel, der var trådt direkte ud ad helvedes port. *"**Jeg keNder lidelse, FrankensTein, og de … vil lide.** **Du** **viL lide.**"*

Jeg sagde ikke noget. *Kunne* ikke sige noget. Men han var heller ikke færdig:

*"**Det er min tRussel. Dette er mit løFte: Giv mig, hvad … jeg ønsKer, og så vil hverken du eller aNdre … se os iGen. Vi vil drage boRt og leve … i de meSt øde egne på kLoden. Det vil væRe, som om … vi aldrig har eksisTeret.**"*

"Som om I aldrig har eksisteret?" råbte jeg rasende. "Du slog William ihjel! Vil jeg få ham tilbage, fordi du går i eksil?"

*"**Du kan forhiNdre, at flere … følger efTer.**"*

Jeg sænkede stemmen til en knurren. "Hvad betyder et løfte, hvis det ikke kan holdes? Hvordan vil du, der hungrer efter menneskers kærlighed, kunne holde ud at leve i isolation resten af dine dage? På et tidspunkt vil du vende tilbage, og du vil ikke møde andet end afsky, hvor du håber på medfølelse. Dit had vil atter blusse op, og denne gang vil I være to til at sprede død og ødelæggelse."

*"**Igen, FranKenstein!**"* Han hævede stemmen og slog sig hårdt for brystet. *"**IgeN dømmes jeg foR noget, jeg … ikke har gjorT. Jeg er ondskabsFuld, fordi jeg er ulykkeLig. Fordi du har … skaBt mig til et ensoMt liv. Ændrer du denne deL, ændRer du … den anden. Jeg vil genGælde min mages følelSer for mig**

huNdrede gange. For hendes … sKyld vil jeg sLutte fred med dig og reSten … af mennesKeheden. Jeg sværger."

Det føltes, som om jeg befandt mig på en båd i stormvejr. Verden vippede omkring mig, og jeg havde kvalme. Hvad kunne jeg gøre andet end at tro på ham? Han havde ikke kun truet mig, han havde truet hele min familie. Jeg var ikke et øjeblik i tvivl om, at han ville gøre alvor af sine ord, hvis jeg ikke efterkom hans krav, og jeg ville ikke være i stand til at beskytte dem. Han var ikke alene stærk og hurtig som et dyr, han kunne også leve i ishuler og klatre på utilgængelige bjergsider. Når som helst og hvor som helst ville han kunne slå til og forsvinde igen uden spor. Og derudover – når han først var færdig med min familie, hvad så? Havde han ikke netop sagt, at hans krig ikke kun var med mig, men med hele menneskeheden? Han ville myrde og hærge og ikke efterlade sig andet end blod og død, og det … det ville være min skyld.

Jo, hans trussel var uden tvivl oprigtig, og jeg kunne kun klynge mig til håbet om, at hans løfte også var det.

Jeg lukkede øjnene. Ønskede, at jeg havde haft min fars gamle pistol på mig. En kugle gennem hans hoved, og så ville dette mareridt være ovre. I stedet blev det værre, hele tiden værre.

Jeg forsøgte at møde hans blik, men kunne ikke. Stirrede stift ind i flammerne, der var ved at dø ud. Og hviskede: "Jeg går med på dit krav."

"***Tag hJem,***" sagde han roligt. Som om han aldrig havde været i tvivl om udfaldet af denne samtale. "***BegyNd dit arbejde.***"

Jeg rystede på hovedet. "Ikke her. Ikke i nærheden af min familie."

"**Familie,**" gentog uhyret. Han syntes at smage på ordet, og blodet i mine årer blev lige så koldt som den bidende vind.

Hvad havde jeg dog sagt ja til?

KAPITEL 20

Turen ned ad bjerget foregik som i en døs. En del af mig håbede, at jeg ville glide på de stejle skrænter og tumle ud over klippesiden. At jeg på den måde kunne blive løsnet fra mit ugudelige løfte. Forhåbentlig ville uhyret ikke hævne sig på min familie, hvis min død var et simpelt uheld, og måske kunne jeg *lade*, som om jeg gled …

Men jeg vovede det ikke.

Da jeg kom hjem, stod døren til huset åben, og i tankerne så jeg dem ligge derinde. Min far og Elizabeth. Blodet på væggene. Deres sønderrevne kroppe.

Mine ben gav efter under mig, og jeg sank hulkende sammen på dørtrinnet.

* * *

Det var ikke bare turen ned ad bjerget, der var foregået som i en døs. Det gjorde de næste dage også.

Uger.

Flere gange prøvede jeg at tage tilløb til at gå i gang med arbejdet, men hver gang svigtede nerverne mig. Jeg vidste, at monstret overvågede mig, men han holdt sig skjult og gjorde ingen udfald mod min far eller Elizabeth. Vi havde hinanden i et jerngreb: Hvis jeg ikke begyndte arbejdet, ville han slå min familie ihjel, men hvis han slog min familie ihjel, ville jeg ikke begynde arbejdet.

"Hvad er der i vejen, Victor?" spurgte Elizabeth en dag, vi var ude at spadsere. "Du kigger dig hele tiden over skulderen, og du spænder i hele kroppen."

Jeg kan ikke huske, hvad jeg svarede, kun at det var endnu en løgn. Det var, som om mit liv efterhånden ikke bestod af andet. Jeg ønskede at lægge armene om hende og holde hende tæt, men jeg turde ikke.

Hun gik videre. Jeg blev stående og betragtede hende. Nej, gik det så med en gysen op for mig. Jeg betragtede hende ikke, jeg *studerede* hende. Hendes kvindelige træk. Hun opdagede, at jeg ikke fulgte med, og vendte sig om. Smilede til mig. Jeg smilede tilbage. Indeni skreg jeg.

* * *

Et par dage senere bad min far om at se mig inde på sit kontor. Da jeg trådte derind, lukkede han døren. På den anden side af de store vinduer lå haven, frodig og grøn under sommersolen. Og fuld af skygger, hvori en navnløs rædsel kunne skjule sig.

Min far sagde et eller andet, men jeg hørte ikke hvad og bad ham gentage.

"Hvor er dit hoved, Victor?" sukkede han. "Det har været en svær tid for os alle, men jeg er begyndt at tro, at det er noget andet, der plager dig. Elizabeth er også bekymret. Du tilbringer det meste af dagen alene og synes at undgå vores selskab."

Ude i buskadset rørte noget på sig, og vejrtrækningen standsede i mit bryst. Men det var bare en fugl, der fløj fra sin rede.

"Jeg …" begyndte jeg og løb tør for ord.

"Du har været længe væk hjemmefra, og der kan ske meget på seks år. Men vi har brug for at høre sandheden."

Jeg vendte mig om. Mærkede en klump samle sig i maven. "Sandheden?"

Min far stillede sig foran mig. Han var lavere, end jeg huskede. Williams død havde givet hans ryg et knæk, som han aldrig ville komme sig over. "Du lovede din mor at gifte dig med Elizabeth. Vi har altid tænkt, at I to hørte sammen. Men I er også vokset op som søskende, og måske elsker du Elizabeth på en anden måde, end en mand elsker sin hustru. Og måske …" Han sukkede igen og spurgte, ikke anklagende: "Har du mødt en anden, Victor?"

Jeg glippede med øjnene, kunne næsten ikke tro det, jeg hørte. Var det dét, de var bange for? At det var årsagen til mine kvaler og mit dystre humør? Et øjeblik anede jeg ikke, om jeg skulle grine eller græde.

Ja, jeg havde mødt en anden. Et hadefuldt bæst, der truede min familie på livet.

"Der er ingen andre end Elizabeth, far," forsikrede jeg ham om og prøvede at smile ad det fjollede spørgsmål. Det blev ved forsøget. "Jeg ser frem til den dag, jeg kan opfylde mit løfte til mor."

Et lettet udtryk tegnede sig i hans ansigt. "Det er jeg glad for at høre. Jeg må tilstå, at jeg har set frem til jeres ægteskab. Det vil være godt med Elizabeth. Det ville være godt med et hurtigt bryllup for at komme den dystre stemning i huset til livs, og hun venter på, at du spørger hende."

"Der er ikke noget, jeg hellere vil. Men ..."

Han løftede et øjenbryn. "Men ...?"

"Der er noget, jeg er nødt til at gøre først." Hvis jeg giftede mig med Elizabeth, inden jeg opfyldte uhyrets krav, og lod min egen lykke komme før hans, så risikerede jeg at udsætte hende for endnu større fare. "Du har ret i, at jeg har været fraværende den seneste tid. I tankerne har jeg været tilbage i mit laboratorium. På grund af Williams død var jeg tvunget til at forlade mine studier i utide, og jeg nåede ikke at afslutte mit eksperiment. Jeg er nødt til at fortsætte og færdiggøre det, ellers vil alt mit arbejde være forgæves."

"Du vil tilbage til Ingolstadt?"

Jeg rystede på hovedet. Ingolstadt var for tæt på. Jeg måtte længere væk denne gang. Lægge et helt hav mellem mig og min familie. "Til England."

"England?"

"Kun der vil jeg kunne afslutte det, jeg har begyndt."

"Men, Victor ..." Han bed sig i læben. En tynd blodåre bugtede sig ned over hans venstre tinding. Som en lille orm, der havde gnavet sig ind under huden. Jeg forventede næsten at se den bevæge sig. "Tror du, det vil være sundt for dig? Du ved jo, hvordan det gik sidste gang."

Det gav et sæt i mig. Så gik det op for mig, hvad han talte om. Nervefeberen.

"Du skal ikke være urolig, far. Jeg skal nok passe på."

"Hvor længe drejer det sig om?"

"Nogle måneder, tror jeg. Allerhøjst et år."

"Et år?" gentog han mumlende. Det så ud, som om han skulle

til at protestere, men skiftede mening. Han tog min hånd. Jeg kunne mærke han skrøbelige knogler under den papirtynde hud, og jeg tænkte på, hvordan vi alle sammen er skeletter, der går rundt. "Og så bryllup, når du kommer hjem?"

"Hvis hun stadig vil have mig."

"Jeg skulle jo gerne nå at opleve det." Han smilede, da han sagde det, men det var en gammel mands smil. Træt og udmattet. "Hvad er det egentlig, du arbejder på, Victor?"

Jeg svarede, at jeg ville fortælle ham det, når det var færdigt.

"Din lillebror mente, at du ville blive verdensberømt." Hans øjne blev blanke, og jeg vendte atter blikket mod haven. Hvor en af skyggerne ikke var som de andre.

* * *

Den aften fortalte jeg Elizabeth, hvad jeg havde fortalt min far. Jeg sagde, at jeg var ked af, at jeg ikke havde givet hende den opmærksomhed, hun fortjente, og at jeg ville gifte mig med hende, så snart jeg vendte tilbage.

Vi snakkede hele natten. Om brylluppet. Om fremtiden. Om de børn, vi skulle have. Hvis en af dem blev en dreng, skulle han hedde William.

KAPITEL 21

Jeg forlod Genève en tidlig sommermorgen. Kufferterne var tunge, fyldt med værktøj og de nødvendige instrumenter, som jeg i al hemmelighed havde anskaffet mig i løbet af de sidste uger. Ikke at jeg havde alt, hvad jeg skulle bruge. Legemsdelene, som skulle stykkes sammen til en ny vanskabning, måtte vente, til jeg nåede frem.

Første gang jeg havde taget afsked med min familie, havde det været med hjertet fuldt af drømme og ukuelig selvtillid. Denne gang var det med angst og ætsende mavepine.

"Pas på dig selv, min dreng," sagde min far og lagde armene om mig.

Min dreng. Jeg kunne ikke huske, hvornår han sidst havde kaldt mig det.

"Jeg glæder mig til, at du kommer tilbage." Elizabeth kyssede min kind, og jeg kyssede hendes. Da jeg satte mig ind i vognen, spekulerede jeg på, om jeg ville få dem at se igen.

Jeg kiggede ud ad vinduet mod bjerget, hvor uhyret havde fortalt mig sin historie. Han havde ikke vist sig siden, og af og til forekom det hele mig som noget, jeg havde drømt. Men han var et sted derude og fulgte uden tvivl efter hestevognen, der skramlende lagde min hjemby bag sig. Jeg spejdede efter en bevægelse i landskabet, en skygge, der pludselig flyttede sig, men der var intet at se.

Jeg bad kusken sætte farten op.

* * *

Nogle dage senere nåede jeg frem til Strasbourg, hvor jeg ville skifte hestevognen ud med en båd og sejle op ad Rhinen til Rotterdam og derfra tage et skib til England.

Denne plan holdt jeg, men i Strasbourg ventede der mig en overraskelse, og for en sjælden gangs skyld var det en glædelig en af slagsen. Også selv om den fik min frygt, der efterhånden føltes som en indgroet del af mig, til at stige yderligere.

"Nå, der er du endelig!" lød en stemme, da jeg steg ud af vognen, øm i både ryg og ben.

Jeg vendte mig om og havde svært ved at fatte det, jeg så: Henry, der kom gående imod mig med et bredt smil og armene slået ud til omfavnelse.

"Hvad i alverden?" Jeg rystede forbløffet på hovedet og greb ham om skuldrene. "Henry?"

Han gjorde et kort buk. "Den eneste ene."

"Men hvordan? Hvad laver du her?"

"Venter på dig, naturligvis. Sidst overraskede du mig, så jeg tænkte, at nu var det min tur til at gøre gengæld." Han lo af min forvirring. "Det var din far, der bad mig møde dig her og tage med dig videre. Han er bekymret for dig, hvilket man næppe kan bebrejde ham, når man tænker på, hvordan det gik sidst. Og på, hvad der er hændt siden." Han sukkede dybt. "Da jeg fik at vide, at det var Justine, der havde gjort det … Jeg kan huske hende fra vores barndom. Hvordan hun altid vidste det, når vi havde lavet ballade. Jeg ville aldrig nogensinde have troet, at …"

"Stop, Henry," afbrød jeg. "Jeg har hverken lyst til at tale om det eller tænke på det."

Han nikkede. "Din far sendte mig et brev, hvori han indtrængende bad mig om at møde dig her. Han skulle nok betale for rejsen og alle mine udgifter. Da jeg trængte til en pause fra studierne og især til at se min bedste ven, Victor Frankenstein, igen, var det ikke svært at takke ja til tilbuddet. Og her er vi så." Han pressede mig ind til sig og pjuskede op i mit hår. "Sammen igen."

Trods udsigterne til mit forestående arbejde og angsten for, at uhyret lurede et sted i nærheden, kunne jeg ikke lade være med at føle mig opmuntret. Henry var som et lys i en mørk tid, og selv om jeg vidste, at jeg på et tidspunkt ville blive nødt til at forlade ham og fortsætte min rejse alene, ville jeg indtil da sætte pris på hans selskab. Jeg mærkede naturligvis en snigende ængstelse ved tanken om, at jeg dermed også udsatte Henry for fare, men på den anden side havde skabningen ingen grund til at gøre ham fortræd, nu hvor jeg omsider havde taget tilløb til at indfri mit løfte. Måske ville Henrys tilstedeværelse ligefrem beskytte mig mod, at bæstet trængte sig på.

"Din far skrev, at du er på vej til England for at arbejde videre på dit eksperiment."

Jeg nikkede. "Skotland. Orkneyøerne."

"Orkneyøerne? Jeg giver dig lige et øjeblik til at fortælle mig, at jeg hørte forkert." Henry lagde en hånd bag øret. Da jeg ikke sagde noget, himlede han med øjnene. "Så kan du da heller ikke komme længere væk. Hvorfor dog det gudsforladte sted?"

"Der kan jeg arbejde i fred og ro."

"Utvivlsomt." Han rynkede panden, så indgående på mig. "Men det eksperiment, du har tænkt dig at fortsætte med, Victor … Jeg mener bestemt, at du sidste gang sagde, at det gik galt?"

Jeg rømmede mig. "Jeg er nødt til at arbejde videre på det, *fordi* det gik galt. Nu tror jeg, at jeg har fundet løsningen."

"Ude på Orkneyøerne?" Han sukkede og fnøs på én gang. "Kunne du for pokker ikke have fundet løsningen i London eller Paris?"

"Beklager."

"Jamen så lad os komme afsted." Han greb fat i min arm og trak mig afsted.

"Henry," sagde jeg. "Floden er den vej."

"Og værtshuset er denne vej. Vi kan jo ikke drage til verdens ende på tom mave."

* * *

Det var en lang rejse, der blev gjort kort af Henrys muntre humør. Op ad Rhinen til Rotterdam og videre med skib til London, hvor Henry prøvede at overtale mig til at blive: Kunne jeg dog ikke overveje at fuldføre mit arbejde her? Jeg afviste det og skælvede ved tanken om at slippe det nye uhyre løs i en storby.

Videre med vogn til Skotlands grønne bakker, dybe søer og tågede skove.

"Sådan er det at leve!" udbrød Henry på et tidspunkt. Han stak hovedet ud af vognen og indsnusede den friske luft. "Nu nyder jeg igen at være til. Hvad siger du, Victor?"

Jeg sagde ikke noget. Udenfor bumlede landskabet forbi. Himlen var saftigblå, og solen tegnede skyggerne skarpt op. Så mange skygger. Bag vognen hvirvlede grusstøvet op. Som om jorden brændte bag os.

"Din far skrev, at der skal være bryllupsfest, når du vender hjem," sagde han og satte sig igen. Det var første gang, han bragte det op.

Hvis *jeg vender hjem*, tænkte jeg og nikkede.

"Det glæder mig. Jeg ved, at det var din mors ønske."

Hun dukkede op i mine tanker. Min mor, der havde startet alt det her. Jeg så hende stå og plukke æbler ude i haven. Jeg så hende sidde i stuen og brodere. Jeg så hende ligge i sengen, tynd og bleg. Hvad ville hun sige, hvis hun vidste, hvad jeg havde gjort? Hvad jeg var på vej til at gøre?

"Hvad er der?" spurgte jeg, da det gik op for mig, at Henry sad og betragtede mig.

Han trak på skuldrene. "Jeg har altid tænkt, at jeg har en livlig fantasi, men dét har jeg alligevel svært ved at forestille mig – dig blive gift. Måske er det, fordi jeg har kendt dig, siden du var lille. Eller måske er det, fordi jeg altid har tænkt, at Fromme Frankenstein var forlovet med en anden."

Jeg rynkede panden. "Hvem? Og lad være med at kalde mig det."

"Dit arbejde. Som du er nødt til at tage helt til Orkneyøerne for at fuldføre. Hvis man ikke vidste bedre, ville man jo nærmest tro, at du prøvede at flygte fra dit løfte."

"Men Henry Clerval ved bedre?" spurgte jeg.

Igen trak han på skuldrene. "Jeg kender dig bedre end nogen anden, Victor. Også selv om jeg nogle gange føler, at jeg ikke ved noget som helst om dig."

Jeg rettede mig op i sædet og stirrede ud på landskabet. Det var som et maleri. Men et øjeblik … På den bakkekam der … Havde der været en bevægelse? Et glimt af en skikkelse i synsfeltets periferi?

Der lå en stor sø derude. Over et krus øl havde en af de lokale højlændere fortalt os, at han aldrig nærmede sig vandet efter mørkets frembrud. Det var i skumringen, der var størst chance for at møde en kelpie, et uhyre fra søen, der antog skikkelse af en hest. Det eneste, der afslørede væsenets sande, dæmoniske natur, var den evigt dryppende man. Kelpien fortryllede mennesker til at ride på den, hvorefter den satte kursen mod den våde grav. Henry havde leet højt og spurgt, hvilke andre farlige krapyler vi skulle tage os i agt for. Jeg havde mærket kuldegysningerne rulle ned ad ryggen.

"Henry?" sagde jeg uden at tage blikket fra landskabet, der føltes som én stor kulisse.

"Ja?"

"Vil du være min forlover?"

En kort pause. Hans hånd på mit lår. "Det vil være mig en ære, min ven."

Til sidst nåede vi nordkysten og John O'Groats, en lille havneby opkaldt efter manden, der oprettede færgeruten mellem højlandet og øerne. Tænk at få en by opkaldt efter sig. Jeg ville have været tilfreds med langt mindre, dengang jeg drog til Ingolstadt for at forandre verden. En gade, et torv, en plads. Nu ville jeg være taknemmelig, hvis bare jeg og min familie overlevede.

Jeg fortalte Henry det, da havet og den lille klynge huse dukkede op forude. At det var der, vores veje skiltes.

"Jeg er nødt til at fortsætte alene," sagde jeg. "Jeg er nødt til at koncentrere mig om mit arbejde."

"Men …"

"*Kun* mit arbejde, Henry."

"Jamen så koncentrer dig da om dit arbejde. Jeg kan sagtens lade være med at forstyrre dig."

"Der er intet for dig derude. Du vil blive vanvittig af kedsomhed."

"Det er betænksomt af dig at varetage mine interesser, kære Victor, men hvorfor har jeg stærkt på fornemmelsen, at det her handler om noget andet?"

"Henry ..."

"Hvad *er* dit arbejde egentlig? Nu har vi rejst sammen i flere måneder, og du har intet fortalt. Hvad er det for nogle eksperimenter, du er nødt til at tage helt til Orkneyøerne for at fuldføre? Hvad går alt det her ud på?"

"Jeg ville ønske, at jeg kunne fortælle dig det, men det kan jeg ikke. Ikke endnu."

"Stoler du ikke på mig?"

"Mere end nogen anden," svarede jeg ærligt. "Stoler du ikke på mig?"

"Mere end nogen anden."

"Så lad mig gøre det her alene."

"Hvad skal jeg skrive til din far? Jeg har jo lovet ham at ..."

"Det er ikke første gang, vi ikke fortæller min far alt, og det er formentlig heller ikke sidste. Vel?"

Henry rystede på hovedet, men det var ikke ment som et svar. "Der er vist ikke nogen, du fortæller alt," sagde han og sukkede. "En måned, Victor. Vi mødes på havnen om en måned."

"To," sagde jeg. Jeg havde muligvis brug for længere tid, men kunne nok ikke presse ham til mere. Hvis jeg ikke var færdig om to måneder, kunne jeg fortsætte, så snart han havde set, at jeg havde det fint. "Brug tiden til at rejse rundt i Skotland, og gør det, jeg ikke kan: Mor dig."

"To måneder," mumlede han. "Jeg er ikke meget for det."

Det er jeg heller ikke, tænkte jeg.

"Tving mig ikke til at komme og hente dig, Victor."

* * *

Forude var alt gråt. Grå himmel, gråt hav, grå klipper og grå øer, som båden langsomt vuggede hen imod.

Bag mig stod Henry inde på kajen og blev mindre og mindre. Han vinkede og råbte noget, men hans stemme blev ført bort af den stride vind. Først senere gik det op for mig, hvad det var, han råbte.

Det var sidste gang, jeg så ham i live.

KAPITEL 22

Gudsforladt havde Henry kaldt stedet, og beskrivelsen kunne ikke have været mere rammende. Øen, jeg slog mig ned på, bestod næsten udelukkende af rå klipper, som de skummende bølger piskede løs på fra alle sider. Det var, som om de lavthængende skyer aldrig skiltes og tillod bare et enkelt solstrejf at trænge igennem. Et evigt tusmørke, der kun blev afløst af buldrende sorte nætter. På intet tidspunkt lagde vinden sig, men peb ustandseligt i klippespalterne og snappede med spidse tænder. Dyrelivet bestod af skræppende havfugle og nogle magre geder og køer på evig jagt efter de få græstotter, der formåede at kæmpe sig op af den golde jord.

To håndfulde huse i dårlig stand lå spredt ud på øen, der stank af tang og fiskeaffald. Det ene af dem stod tomt, og det lejede jeg mig ind i. Stråtaget og vinduerne var utætte, de fleste gulvbrædder rådne, og døren hang skævt. Men det gik med nogle lappeløsninger, og jeg begyndte at sætte mit laboratorium op.

Dørlåsen var rustet fast, så jeg supplerede i stedet med en hængelås, selv om det syntes unødvendigt. Man skulle have troet, at min ankomst ville tiltrække sig de få øboers nysgerrighed, men de pjaltede, udtærede skikkelser, der levede her, holdt sig for sig selv. Det var, som om forarmelsen havde forvandlet dem til en form for viljeløse søvngængere, der fik mig til at tænke på Hades' udpinte sjæle. Jeg spekulerede på, om færgemanden, der havde sejlet mig hertil, hed Karon. Eller også fornemmede øboerne ganske enkelt, at de gjorde klogest i at passe sig selv.

Og helt gudsforladt var stedet trods alt ikke: Der var en kirkegård. Det samme gjorde sig gældende for de omkringliggende øer, og jeg fandt hurtigt ud af, at begravelser ikke var en sjælden begivenhed i denne afsides del af verden. Tværtimod, vejret, havet og de forræderiske klipper gjorde druknedøden til en hyppig gæst. I ly af nattemørket aflagde jeg de forskellige gravsteder et besøg med spade og sav, og således fik jeg efterhånden samlet størstedelen af elementerne til mit nye væsen. Jeg købte en af de elendige køer, som jeg slog ned, så jeg kunne bruge knogler og muskler til at give skabningen samme højde og drøjde som sin mage.

Dagene gik.

Jeg knoklede, fra solen sank i havet, til den stod op igen. Om morgenen sov jeg, og om eftermiddagen gik jeg sommetider en tur, hvis vejret tillod det. På disse vandringer gik jeg altid ned til vandet, mens jeg ud af øjenkrogen holdt udkig efter en bevægelse i landskabet. Men jeg så stadig ikke noget til uhyret, og jeg mærkede min uro skifte retning. Tænk nu, hvis han slet ikke var fulgt efter mig. Tænk nu, hvis han var blevet tilbage i Genève. Måske havde han blot ventet på, at jeg ville tage afsted, så han kunne få afløb for sin hævntørst, uden at jeg ville vide det. Pludselig *ønskede* jeg at få et glimt af ham, så jeg kunne vide mig sikker i min sag.

"Vis dig," hviskede jeg og stirrede rundt i alt det grå. "Vis dig."

Øen svarede med vind og tavshed.

Dagene gik.

På sin vis skred arbejdet nemmere frem denne gang. Jeg havde jo prøvet det før. Men samtidig var det langt værre end sidst, hvor jeg havde været blind af besættelse. Af og til kunne jeg ikke få mig selv til at gå ind i laboratoriet, hvor endnu et monstrøst væsen var ved at tage form. Jeg væmmedes og havde kvalme ved mit syge værk, og sommetider gik der flere dage, før jeg var i stand til at fortsætte.

Fordi jeg var mere øvet end sidst, var jeg denne gang i stand til at udføre et mere nydeligt stykke arbejde: Jeg kunne få kroppens proportioner til at passe bedre sammen, skabe mere harmoniske ansigtstræk og finere syninger. Men det måtte jeg ikke. Det duede ikke at skabe et væsen, der var mere elegant end det forrige, og jeg var med vilje nødt til at gøre min nye skabning mindst lige så gruopvækkende i udseende som ham.

Dagene gik.

En eftermiddag, da jeg var på vej tilbage fra en gåtur, så jeg en skikkelse træde ind i huset, netop som jeg rundede et hjørne og fik det i syne. Jeg havde ikke fået sat hængelåsen på – det var ikke første gang, da jeg efterhånden havde vænnet mig til min uforstyrrede tilværelse – og et øjeblik troede jeg, at det var ham. Men skikkelsen var for lille. Det var en af øboerne, som indtil nu havde ladet mig være i fred.

Med hjertet i halsen satte jeg i løb og var næsten nået frem, da der lød et skrig inde fra huset. Kort efter kom en ældre kvinde stormende ud, bleg i ansigtet af rædsel. Hun havde en kurv over armen, som hun smed fra sig i døråbningen. Den var fyldt med de fisk, hun åbenbart var kommet for at sælge. Hun fik øje på mig, og selv på denne afstand kunne jeg se skrækken i hendes blik tage til. Som var jeg et uhyre værre end det, der lå halvfærdigt inde i huset. Hun drejede om på hælen og løb, så hurtigt hendes gamle ben tillod.

"Vent!" råbte jeg og satte efter hende. "Vent!"

Jeg ved ikke, hvad jeg havde tænkt mig at sige til hende. Hvordan kunne jeg på nogen måde bortforklare det, hun havde set, og forhindre hende i at sladre? Hvilke ord fandtes der til at retfærdiggøre det afsindige, jeg var i gang med?

Ingen.

Men derfor var det, der skete, stadig et uheld.

Jeg indhentede hurtigt konen og greb fat i hende. Hun var ude af sig selv, og den styrke, panikken gav hende, kom bag på mig. Med et gisp rev hun sig løs, men snublede samtidig over sine ben og faldt til jorden. Hun nåede aldrig at tage fra med hænderne. Hendes hoved ramte et klippestykke, der ragede op som en gravsten, og så … Så lå hun stille.

Længe stirrede jeg på den livløse skikkelse. Blodet, der løb fra hullet i hendes pande.

Jeg lukkede øjnene. Vidste, hvad jeg skulle gøre. Hvad jeg var *nødt* til at gøre.

Jeg samlede den døde kvinde op og bar hende tilbage til hytten. Bagefter sneg jeg mig ned til havet og kastede hendes sjal og kurven med fisk ud over klippesiden.

Senere ville man finde det og drage egne konklusioner. Måske var hun faldet, måske var hun sprunget. Uanset hvor meget jeg ønskede det, kunne uheldet ikke gøres om, men den stakkels kones død behøvede ikke at være forgæves: Jeg havde stadig brug for dele af den kvindelige krop.

Jeg arbejdede videre.

Dagene gik.

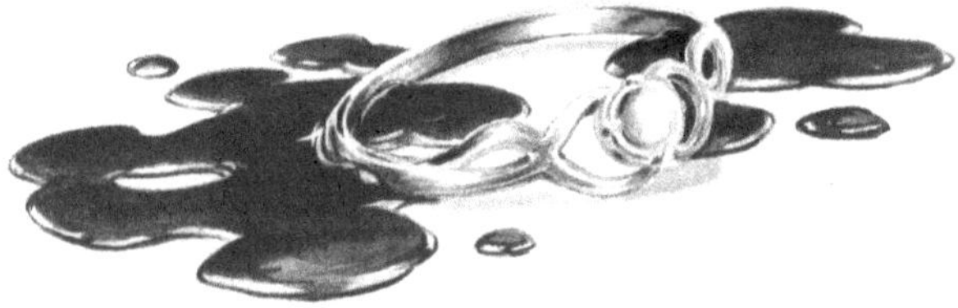

KAPITEL 23

Jeg var næsten færdig med mit arbejde, da jeg en sen aften sad i mit laboratorium. Udenfor var månen ved at stige op af havet.

På bordet foran mig lå *hun*. Kun enkelte hudflapper manglede at blive syet sammen og gabte over blottet kød.

Jeg havde ingen ide om, hvor længe jeg havde været på øen. Tiden var forsvundet, opløst af arbejde, dårlig søvn, tåge og regn. Sådan havde jeg det også selv. Som om jeg var gået i opløsning. Som om mennesket Victor Frankenstein var blevet mere og mere udvisket, efterhånden som den nye skabning tog form. Vi var begge en sjælløs skal.

Månelyset faldt ind gennem vinduet og fik væsenets maddikefarvede hud til at virke endnu blegere. Hun var mere hæslig af udseende end det bæst, der ventede på hende. Et aflangt, kranieagtigt ansigt, der var sunket sammen i den ene side. En labyrint af grove sting. Totter af trevlet hår. Øjne i forskellige størrelser. Næsen var et åbent hul, munden en grotte med tænder fra heste og køer. Kroppen var som et forvredet spejlbillede af et menneske, og jeg spekulerede på, om Gud havde haft det på samme måde. Om Adam og Eva havde set lige så afskyelige ud i hans øjne, som dette uvæsen gjorde i mine.

Men hvor Gud kunne forlange tilbedelse af sine skabninger, kunne jeg kun håbe på nåde, og jeg tror, at det var i det øjeblik, at det gik op for mig. At der ikke fandtes en almægtig Gud. At det hele var ét stort bedrag. Beviset var i paradokset: Kunne Gud – som jeg havde gjort – bygge et væsen, der var mægtigere end ham selv? Hvis nej, så var han ikke almægtig. Hvis ja, så var han ikke længere den almægtige.

Jeg stirrede på uhyrets lukkede øjne. Forestillede mig, at de åbnede sig. Det flade, rindende blik bagved. Legemets krampagtige bevægelser. Brystkassen, der hævede og sænkede sig. Livet pustet ind i dødt kød.

Men hvilket liv? Hvilke tanker, hvilken bevidsthed, hvilken sjæl?

Jeg vil genGælde min mages følelSer for mig huNdrede gange. Det havde uhyret sagt til mig på bjerget, men det var ikke givet, at denne "kvinde" automatisk ville elske ham tilbage. Hvad nu, hvis hun også vendte sig fra ham og ønskede menneskets kærlighed frem for hans? Afsky og manglende accept havde drevet ham ud over kanten. Hvad ville det så ikke gøre ved ham at blive afvist af en af sine egne? Han havde svoret at bosætte sig i øde områder, men det havde hun ikke, og det var ikke i hans magt at love noget på hendes vegne.

Jeg mærkede, hvordan mit hjerte begyndte at slå hurtigere, efterhånden som den ene tanke afløste den anden. Det var, som om de livgivende instrumenter var blevet koblet til min krop og rev mig ud af den dødlignende sindstilstand, jeg havde befundet mig i de sidste uger. Jeg følte mig stakåndet, mærkede pulsen banke i tindingerne, sveden i håndfladerne.

Tre år tidligere havde jeg skabt en morderisk dæmon uden samvittighed. Nu var jeg i færd med at skabe endnu et væsen, hvis karaktertræk, drifter og tilbøjeligheder jeg var lige så uvidende om. Tænk, hvis denne nye skabning var tusind gange mere ondskabsfuld og blodtørstig end den første. Tænk, hvis hendes eneste trang bestod i at mæske sig i mord og død.

Og selv om uhyret formåede at holde sit løfte, og han og hans mage slog sig ned i utilgængelige egne, hvad så, hvis de fik børn? Han længtes efter kærlighed, men han vidste også, at den fandtes i flere former. En fars kærlighed. En søn eller en datters kærlighed. Jeg kunne naturligvis sørge for, at den endnu ufærdige kvindekrop foran mig ikke ville være i stand til at blive gravid, men af frygt for skabningens reaktion havde jeg ikke turdet gøre det, og for mit indre blik så jeg en ny race af skrækindjagende djævleunger myldre frem. Monsteryngel, der ikke kunne tøjles, og som søgte ned fra bjergene, formerede sig ud over hele kloden og indledte den krig mod menneskearten, som deres ophav havde truet med.

Jeg mærkede blodet isne i mine årer. Jeg benægter ikke, at jeg var blevet bevæget af skabningens historie den dag i klippehulen. Men jeg var også blevet rædselsslagen over hans trusler, og det var, som om omfanget af mit løfte til ham først nu for alvor gik op for mig. I mit inderste rystede jeg ved tanken om, at fremtidige generationer ville forbande mit navn for at have sluppet denne plage løs, for at have købt min egen fred og families sikkerhed på bekostning af hele menneskehedens eksistens.

I det samme rørte kvinden på sig. Jeg satte mig op med et ryk. Så indså jeg, at det ikke var hende, der havde bevæget sig, men en skygge, der lå hen over hende. Jeg vendte blikket mod vinduet, og der stod han.

Hans ækle fjæs var oplyst af månens hvide skær, og hans læber formet i et uhyggeligt smil, idet han betragtede skabningen, der lå livløs på bordet.

Han var her. Naturligvis var han her. Han havde fulgt efter mig hele vejen og fra sit skjul holdt øje med, at mit arbejde skred frem. Nu kunne han næsten ikke vente længere.

Så slog en anden tanke mig, og den var det sidste søm i kisten: Hvordan kunne jeg stole på, at han overhovedet havde tænkt sig at holde sit løfte? Hvad skulle forhindre ham i at bryde det, så snart han havde fået, hvad han forlangte?

"Aldrig," hviskede jeg. Råbte det så af mine lungers fulde kraft: *"Aldrig!"*

Jeg greb øksen, der stod lænet op ad væggen, og huggede den med al min styrke ned i skabningen foran mig. Øksehovedet kløvede sig igennem kød, brusk, sener og knogler og delte det hjerte, der endnu ikke slog. Der *aldrig* ville slå. Flere ugers arbejde ødelagt på et splitsekund.

Monstret skreg. Skreg, som om det var ham, øksen havde ramt, og lyden fyldte mig med usigelig glæde. Dette var *min* hævn: at ødelægge hans drøm så tæt på målet, og jeg svingede øksen igen og igen, skilte hovedet fra kroppen og reducerede hans håb, hans ønsker, hans fremtid til knoglesplinter, knust kød og stumper af indvolde.

Døren til huset blev slået op med et brag, og han kom stormende ind, kastede sig over mig, flåede øksen ud af mine hænder.

"HVAD HAR DU GJORT? HVAD HAR DU GJORT?"

"Det eneste rigtige," svarede jeg og mærkede min krop blive

slap i hans greb. Jeg ville være kollapset, hvis han ikke havde haft fat i mig. "Jeg bryder mit løfte."

"GENOPTAG ARBEJDET! ADLYD! ADLYD, ELLER JEG …"

"Dine trusler vil kun få mig til at stå mere fast. Jeg gør det ikke."

Han brølede igen, og jeg lukkede øjnene, da jeg så ham hæve øksen. Jeg forventede at blive hugget ned og så frem til intetheden, der ville følge efter. I stedet lød der en skramlen, da han kastede øksen fra sig, og hans døde, kolde hånd lagde sig stramt om min hals. Jeg kunne mærke de knusende kræfter, han besad, men han klemte ikke til. Lænede sig i stedet så tæt på, at jeg kunne lugte hans ånde. Den stank af død. Hans vejrtrækning var tung og knurrende. Så talte han, langsomt, og hvert ord dryppede af had: ***"Jeg vil … væRe hos dig … på din bryllupsNat."***

Trykket om min hals forsvandt.

Der lød skridt.

De fortonede sig.

Jeg åbnede øjnene. Hytten var tom bortset fra resterne af det massakrerede væsen. Døren lå som et kistelåg på gulvet, hvor blodspor ledte ud i natten.

Jeg overvejede at tage øksen og følge efter. Men jeg vidste, at jeg aldrig ville indhente ham, og jeg sank rystende sammen mod væggen, mens jeg stirrede på det afhuggede hoved, der lå på gulvet. Det var trillet et par meter, og øjenlågene var sprunget op. Det livløse blik forekom mig næsten taknemmeligt, og i et kort sekund, bare et kort sekund, følte jeg, at jeg for en gangs skyld havde gjort noget godt.

KAPITEL 24

Jeg blev siddende, indtil morgenen gryede. Tåge og regn og en himmel, der var én stor skive af jern.

I mit hoved – dæmonens hvislende stemme:

Jeg vil … væRe hos dig … på din bryllupsNat.

Nederdrægtig som han var, ville han ikke tage sin hævn, før han troede, at jeg ville være mest lykkelig, og jeg tænkte, at jeg kunne vælge ikke at forlade øen. Tilbringe resten af mine dage på dette trøstesløse sted og blive en del af de skyggeagtige øboere, der levede i deres egen lukkede verden. Aldrig vende tilbage. Aldrig gifte mig med Elizabeth og dermed eliminere uhyrets trussel. Vinde over ham ved at dø her.

En lyd udenfor. Knasende grus.

Var det ham? Var han vendt tilbage for at tvinge mig til at genoptage arbejdet? Det håbede jeg. For så ville det ende her og nu. På den ene eller anden måde. Jeg greb øksen og rejste mig. Listede hen til vinduet og kiggede ud.

En knægt på omkring tretten år var på vej op til huset. Han havde en taske over skulderen, og regnvandet dryppede fra skyggen på hans kasket.

Jeg åbnede vinduet og råbte ham an. "Hvad vil du?"

"Jeg har en stak breve til hr. Victor Frankenstein," sagde han og klappede på tasken. Han nikkede mod den gabende døråbning. "Hvad er der sket?"

"Vinden blæste den ind," svarede jeg og rakte en hånd ud gennem vinduet. Drengen måtte ikke komme nærmere. Så ville han se det skamferede lig og det afhuggede hoved på gulvet. "Giv mig brevene."

"S'gerne, hr." Han åbnede tasken og fandt tre breve frem. Jeg tog imod dem, og han trak sig hurtigt tilbage, som om han frygtede, at jeg ville gribe fat i ham.

Jeg stak en hånd i lommen og kastede en mønt til ham. "Forsvind så."

"Ja, hr. Tak, hr." Han vendte omkring.

Jeg stillede øksen fra mig, åbnede brevene og skimmede dem hurtigt. De to første var fra min far og Elizabeth. De havde det godt, skrev de, og glædede sig til at se mig igen. Det tredje brev var fra Henry, og det føltes, som om jeg blev rusket vågen, da jeg så hans navn. Det var ham, der havde videresendt min families breve. Jeg havde fuldstændig glemt, at jeg havde aftalt at mødes med ham efter to måneder. Hvilken dag var det i dag? Jeg anede det ikke. Lå vores mødetidspunkt stadig et stykke ude i fremtiden, eller var det overskredet med flere uger?

"Hej, knægt!" råbte jeg efter den unge budbringer, der var på vej videre med nyt fra fastlandet.

"Ja, hr.?"

"Hvad dato er det?"

Ved svaret gav det et sug i maven på mig, selv om jeg egentlig ikke blev overrasket. Det var netop i dag, jeg skulle mødes med Henry. Det var nøjagtig to måneder siden, han og jeg havde taget afsked på kajen, hvor han havde råbt noget til mig, jeg ikke kunne høre gennem vinden. Nu vidste jeg, hvad han havde råbt – at vi ville ses igen om to måneder. Det var derfor, uhyret havde vist sig i nat. Fordi han troede, at jeg ville være færdig med det andet væsen. Fordi han havde hørt, at jeg havde aftalt at mødes med Henry i dag.

Så gik noget andet op for mig, og suget i maven tog til. Hvis uhyret vidste, at vi havde aftalt at mødes i dag, så vidste han også, at Henry ville stå på havnen og vente på mig.

Åh gud. Der var ingen tid at spilde. Jeg måtte få fat i Henry, inden det var for sent, advare ham, få ham i sikkerhed. Dæmonen havde sagt, at han ville være hos mig på min bryllupsnat, og selv om det måske betød, at jeg var uden for fare indtil da, så betød det ikke, at Henry var.

Men jeg kunne ikke tage afsted med det samme. Jeg var først nødt til at skaffe mig af med det maltrakterede legeme foran mig.

Jeg hakkede liget i småstykker og puttede delene i tre sække, som jeg bar ned til klipperne, der hvor de ragede ud over vandet. Luften var tyk af havgus, og jeg så hverken mennesker eller monster på min vej. Bølgerne bragede løs under mig og slugte hurtigt sækkene, som jeg havde fyldt op med sten.

Hvor ville det være nemt at kaste sig samme vej. Et sekunds frit fald. Så de knusende bølger. Så intet. Et øjeblik misundte jeg ligefrem den skabning, jeg havde kastet i havet. Tænk aldrig at have levet. Aldrig at have følt smerte og sorg og elendighed. Hun havde ingen ide om, hvor heldig hun var.

Jeg gik tilbage til huset. Jeg overvejede at brænde det ned til grunden, men ud over at det ville tiltrække opmærksomhed, så frygtede jeg, at fugten, der gennemtrængte alt, ville gøre arbejdet umuligt. Hvis jeg nøjedes med hængelåsen, ville folk forhåbentlig lade stedet være i fred, og skulle en nysgerrig sjæl alligevel finde på at bevæge sig derind, så var der ingen, der vidste, hvordan instrumenterne skulle bruges.

Jeg reparerede døren og vaskede blodet af gulvet og øksen. Stedet lignede stadig en sindssygs laboratorium, men der var ikke længere noget spor efter mit blasfemiske arbejde.

Regnen silede ned, og de mørke skyer tegnede sig som djævleskikkelser over mig, da jeg løsnede min jolle og satte sejl. Båden, der var kommet med post og forsyninger, lå stadig fortøjet, og den gamle skipper pegede på mig med sin pibe.

"Dårlig ide," sagde han og vendte snadden mod himlen. "Det bliver kun værre."

"Af alle de dårlige ideer, jeg har fået, så er dette den bedste," svarede jeg og styrede ud i bølgerne. Den hovedrystende skipper og den forhadte ø forsvandt hurtigt bag mig i det grå slør. Jeg ønskede, at mindet om det, der var foregået derude, kunne forsvinde lige så let.

Regnen fortsatte ubønhørligt, og vinden rejste sig, kold og hvæsende. Næsten som om den prøvede at holde mig væk fra det, der ventede mig.

Men jeg fortsatte. Flere gange truede bølgerne med at kæntre jollen, vandet skyllede ind over siderne, og jeg måtte øse af alle kræfter, mens jeg kæmpede med at styre ror og sejl. På himlen blev skyerne mere og mere sorte, og det gnistrede i dem, som om noget levende rumsterede derinde. Der lød buldrende torden, og det forekom mig at være latter, monstrets latter, der omringede mig fra alle sider. Som om han var vokset til titanisk størrelse og havde ædt hele verden. Jeg skreg mod himlen. Jeg havde konkluderet, at der ikke fandtes nogen gud, men måske fandtes der det modsatte. En almægtig djævel, der havde skabt denne verden for at slubre alle rædslerne, hadet, sorgen og modbydelighederne i sig. Måske skulle skabelsesberetningen skrives helt om, og præsterne ændre deres prædikener, og jeg tænkte på min far og på Elizabeth og på Henry, mens båden balancerede på bølgerne, og himlen brølede af latter.

* * *

Mine kræfter var nær sluppet op, da fastlandet omsider tegnede sig længere fremme. Jeg var udkørt af træthed og søsyge, men ved synet mærkede jeg til min overraskelse en sær form for glæde strømme igennem mig. Det gik op for mig, at jeg havde været sikker på, at jeg ville omkomme ude på havet. Men livet var åbenbart ikke færdig med mig endnu, og selv om jeg gruede for det, der lå forude, så vækkede gensynet med land et urgammelt instinkt i mig. 'Livet vil leve', havde en af mine gamle professorer på universitetet engang sagt, og i det øjeblik mærkede jeg, hvor sandt det var. Det var ganske enkelt en fysisk reaktion, der intet havde med mine tanker, sjæl og ønsker at gøre.

Regnen var stilnet af og hang som støvkorn i luften, da jeg lagde til kaj. En flok vejrbidte mænd stod inde på havnen og gloede forbavset på mig. Selv om de tydeligt kunne se, hvilken miserabel forfatning jeg var i, tilbød de ingen hjælp. I stedet stimlede de tættere sammen, hviskende og skulende.

Var uhyret blevet spottet på sin vej igennem byen? Var det derfor, de så så urolige ud? Og hvad med Henry? Hvor var han? Jeg kunne ikke få øje på ham nogen steder.

"Mit navn er Victor Frankenstein," sagde jeg efter at have fastgjort båden. "Jeg leder efter Henry Clerval."

Fire af mændene rev sig løs fra flokken og kom mig i møde. Deres ansigtsudtryk var alt andet end venlige, og da de var et par meter fra mig, standsede de. Udvekslede blikke. Kiggede på mig igen. På mit tøj. Jeg så ned ad mine gennemblødte klæder og opdagede først nu, at de var plettede af blod. Resultatet af nattens og morgenens grusomme arbejde. Det havde den silende regn trods alt ikke kunnet vaske væk.

"Gør nu ikke noget dumt," sagde den største af mændene og begyndte atter at nærme sig. De andre satte også i bevægelse og slog kreds om mig.

"Jeg kan forklare ..." begyndte jeg og havde allerede en historie parat. Jeg var efterhånden så vant til at lyve, at det ikke længere krævede noget af mig.

"Det er jeg sikker på, at hr. Kirwin vil se frem til at høre. Følg med."

"Hr. Kirwin? Hvem er hr. Kirwin?" Jeg rystede på hovedet, forstod ikke, hvad der foregik. "Jeg leder efter Henry Clerval. Har De set ham? En høj fyr, mørkt hår, overskæg. Vær venlig at fortælle mig, om De har set ham!"

Mændene skævede til hinanden. Ingen af dem sagde noget, men det var heller ikke nødvendigt.

Jo, de havde set ham.

"Følg med."

Jeg fulgte med dem ind i byen, mens jeg flere gange forsøgte at få nogle svar ud af dem. Det var som at tale til klipperne, og for hvert skridt steg mine bange anelser.

Hr. Kirwin viste sig at være byens fredsdommer. Han var en

ældre herre, hvidhåret og med et mildt ansigt. Men da hans blik faldt på mig, blev hans øjne strenge.

"Han er tydeligvis ikke bekendt med havet, og det lader til, at vinden har bragt ham tilbage hertil," sagde en af de fire mænd, der havde ført mig til ham. Ham, der nede på havnen havde bedt mig om ikke at gøre noget dumt.

"Vinden eller den retfærdige gud," brummede en anden.

"Mit navn er Victor Frankenstein," forsøgte jeg igen. "Jeg ved ikke, hvad dette går ud på, men jeg leder efter en Henry Clerval. Har De ..."

"Og vi leder efter en morder," afbrød Kirwin.

Jeg stirrede på den ældre mand, ønskede ikke at høre mere. Kunne ikke klare at høre mere. Men fredsdommeren fortsatte: Tidligere på dagen var liget af en mand blevet fundet nede på stranden. En af byens fiskere var bogstaveligt talt faldet over ham. Først havde de troet, at manden var druknet, og at bølgerne havde skyllet ham op, men de opdagede hurtigt, at hans klæder ikke var våde, kun fugtige af støvregnen. Faktisk var hans krop ikke engang kold endnu, døden måtte være indtruffet for nylig. De havde båret den livløse mand til en kro i nærheden, i håb om at det måske var muligt at genoplive ham, men da man fik set nærmere på skaderne, blev det klart, at han ikke stod til at redde.

"Vis mig ham." Min stemme var næppe hørbar.

De førte mig hen til kroen, hvor han stadig lå. Et øjeblik kunne jeg ikke få mig selv til at træde ind ad døren, og jeg måttes skubbes i gang af mændene bag mig. Jeg snublede ind i værelset.

Jeg havde forventet et molesteret lig. At uhyret havde givet Henry samme behandling, som jeg havde givet hans brud, men ved første øjekast så det ud, som om han sov. Han lå i sengen, hovedet vendt mod væggen.

Jeg stavrede derhen på fremmede ben og ...

Åh gud, hans ansigt ...

Henrys blodsprængte øjne var spærret vidt op, og læberne om den åbne mund var krænget tilbage, som om han skreg uden lyd. Han lignede en, der var død af skræk, ansigtstrækkene stivnet i en gruopvækkende grimasse. Hele hans hals var ét stort, blåt mærke med aftegninger af uhyrets næve, der ikke bare havde kvalt ham, men pulveriseret hans strube og nakkehvirvler. En tynd stribe blod var løbet fra hans mund og ned over hagen.

"Kender De denne mand?" Kirwins stemme syntes at komme fra en anden verden. En verden, hvor der ikke fandtes et monster bygget af døde kroppe.

"Henry," var der en, der svarede. Det tog et øjeblik, før det gik op for mig, at det var mig selv. "Hans navn er Henry."

"Var det Dem, der slog ham ihjel?"

Verden flakkede og blev mørk i kanterne. Som var den et stykke brændende papir.

"Svar mig, var det Dem, der slog ham ihjel?"

"Ja," hviskede jeg. Så besvimede jeg.

KAPITEL 25

Jeg kan ikke huske meget af den næste tid. Dage og nætter flød sammen, drøm og virkelighed filtrede sig ind i hinanden. Jeg blev arresteret for mordet, og sommetider ruskede jeg i tremmerne som en besat, mens jeg brølede, at jeg havde slået William, Justine og Henry ihjel, og forlangte, at fangevogteren førte mig til skafottet. Andre gange så jeg uhyret stå inde i cellen sammen med mig. Mærkede ham lægge hænderne om min hals og klemme til. Jeg skreg, at han skulle klemme hårdere.

Jeg ønskede at dø, men jeg blev ved med at leve. Hvorfor? Hvordan? Så mange sunde, raske og gode mennesker døde ufortjent. Hvilket stof var jeg gjort af, siden jeg kunne modstå den konstante stramning af livets skrue, som hele tiden forøgede torturen?

Jeg satte min lid til retssagen. Selv om min tilståelse af mordet på Henry skulle forstås i overført betydning – det var ikke mig, der havde ført kniven, men det var mig, der havde fremstillet den – så ændrede jeg ikke forklaring. Jeg hævdede ikke min uskyld, og jeg trak ikke tilståelsen tilbage. Jeg ville dømmes og findes skyldig, og jeg ville byde dødsstraffen velkommen, for så ville der i det mindste være kommet noget godt ud af mordet på min elskede ven. Således tænkte jeg i mine klareste stunder, og dem var der få af. Ud over en ødelæggende sjælesorg havde jeg også pådraget mig en solid lungebetændelse, og feberen rasede i mig. Jeg blev dog ikke overladt til mig selv, men blev tilset af både doktor og sygeplejerske, og jeg forstod det ikke. Hvem var interesseret i en morders skæbne ud over bødlen, der gerne ville have sin løn?

Men jeg begyndte efterhånden at komme mig, og en dag, da jeg sad og stirrede med sløve øjne ud på himlen bag tremmerne, blev døren til cellen låst op. Hr. Kirwin trådte ind.

"Hvornår begynder retssagen?" spurgte jeg og bad til, at det ville være snart.

"Der bliver ingen retssag," svarede han. "Vi ved, at De ikke gjorde det."

Jeg rettede mig op i stolen. "Hvordan?"

"Der var vidner."

"Vidner?" Jeg stirrede på dommeren, som om han talte et fremmed sprog. Var der nogen, der havde set uhyret slå Henry ihjel?

"Ikke til mordet," sagde Kirwin. "Hvem der begik udåden, ved vi desværre stadig ikke. De vidner, jeg taler om, så ikke gerningsmanden, men de så Dem, hr. Frankenstein, og de placerede Dem langt væk fra åstedet på mordtidspunktet. En dreng, der kom med breve til Dem den pågældende dag. En skipper, der så Dem sejle afsted i Deres jolle. Tre andre, der kunne bekræfte, at båden havde ligget fortøjet på øen det meste af dagen." Kirwin stak en hånd i lommen og tog noget frem. "Men hvis vi ikke havde modtaget det her, var vi aldrig taget derud og havde forhørt os. Så var De for længst blevet klynget op."

"Hvad er det?" spurgte jeg og kom på benene.

"Det lå på dørtrinnet en tidlig morgen, holdt nede med en sten." Han rakte mig det. Et stykke papir. Et brev. "Det var uden kuvert og uden afsender. Der står, at De er uskyldig i mordet, og at der findes vidner ude på øen, der kan bekræfte det."

Med dirrende fingre foldede jeg papiret ud. Mærkede gulvet blive flydende under mig, idet jeg stirrede på den knudrede håndskrift. Grove, ujævne bogstaver, som var de skrevet af et barn.

Men det var ikke noget barn, der havde skrevet dette brev.

Det var ham.

Beskeden var på engelsk, og der var kun en enkelt stavefejl. Rejsen tværs gennem England, opholdet på Orkneyøerne, min tid i fængslet. Der var ikke tale om mere end tre måneder, højst fire. På det korte stykke tid havde uhyret fra sine mange skjulesteder tillært sig et helt nyt sprog. Men denne erkendelse var ikke den eneste grund til, at hårene på mine arme stod som nåle. Med sit brev havde han reddet mig fra at blive dømt for mordet på min ven. Han måtte have set mig ankomme i båden, efter at han havde slået Henry ihjel. Regnet ud, hvornår jeg var taget fra øen, og konkluderet, at der måtte være folk derude, som kunne bevidne dette.

Hvorfor havde han gjort det? Hvorfor havde han reddet mig, som han hadede mere end nogen?

Fordi han vidste, at en retssag ville ende med, at jeg ville blive dømt til døden ligesom Justine, og det tillod han ikke. Så nådigt ville han ikke lade mig slippe. Brevet var ikke et barmhjertigt træk fra hans side, tværtimod. Han ønskede at holde mig i live udelukkende for at forlænge min pine.

"Ved De, hvem der har skrevet brevet?" spurgte Kirwin. "Og hvorfor vedkommende ikke har givet sig til kende?"

Jeg rystede på hovedet.

"Vi tænker, at det er en af øboerne, der ikke ønsker yderligere kontakt med loven. Men selv om man har en blakket fortid, kan man jo godt være i besiddelse af en retfærdig sjæl. Sikkert er det i hvert fald, at det brev frelste Deres liv. Jeg håber, at De en dag får mulighed for at takke afsenderen."

"Det gør jeg også," sagde jeg og knugede papiret hårdt.

"Jeg forstår, at De var tæt knyttet til den afdøde. At han var Deres ven."

Det strammede i mine øjne, og det tog et øjeblik, før jeg fandt min stemme. "Siden barndommen."

"Jeg kan næppe tænke mig noget mere smerteligt end det, De har været igennem. At det første, der møder Dem, er liget af Deres kammerat, myrdet på bestialsk vis, og at De derefter arresteres for mordet. Jeg forstår, at De var i chok, men …"

"Men hvad?"

"Hvorfor sagde De det? At det var Dem, der havde slået ham ihjel?"

Jeg spekulerede på, hvad der ville ske, hvis jeg fortalte ham sandheden. At jeg havde bygget et monster af ligdele, og at uhyret nu var ude efter både mig og min familie. Skabningen havde måske nok reddet mig fra galgen, men ville han også kunne få mig ud af galeanstalten? "Jeg havde lovet at mødes med Henry den pågældende dag, men jeg blev forsinket. Det ville aldrig være sket, hvis jeg ikke var kommet for sent. Jeg følte, at det var min skyld. Som De sagde – jeg var i chok."

"Og blodet på Deres tøj?"

"Jeg kom til skade ude på båden. Det var et ustyrligt vejr."

Kirwin lod til at tygge på ordene. Så nikkede han. "Det er vejret som regel. Han mente også, at det nok var noget i den stil, der var forklaringen."

Jeg løftede hovedet med et ryk. "Hvem?"

"Deres besøgende."

I et grusomt øjeblik var jeg overbevist om, at det var uhyret, han talte om – at dæmonen var kommet for at håne mig med Henrys død. Det gav naturligvis ingen mening, men rester af feberen slørede åbenbart min dømmekraft, og jeg vaklede baglæns, måtte gribe fat i stolen for ikke at falde. Kirwin opfattede dog ikke min paniske tilstand, men tog min reaktion som et tegn på, at jeg stadig var svækket af sygdommen.

"Vi fandt nogle breve i Deres lomme, hvoraf to var fra Deres familie i Genève. Det er efterhånden længe siden, jeg skrev til dem og satte dem ind i begivenhederne."

"Har De hørt fra dem?" hviskede jeg. En prikkende fornemmelse rullede ned over min krop. "Er der sket dem noget? Er der …"

"Deres familie har det fint," sagde Kirwin. "Omend de forståeligt nok er meget bekymrede for Dem. Det er Deres far, der står derude. Han er kommet for at tage Dem med hjem."

"M-min far?" Ordet føltes mærkeligt i min mund. Fremmed. Ufortjent.

"De er en fri mand, hr. Frankenstein," sagde Kirwin og gik mod celledøren, som han lod stå åben bag sig. Så stoppede han op. Vendte sig om. "Deres ven. Henry Clerval. Det var ikke et rovmord. Vi fandt en pengepung i hans lomme, og den var fyldt med mønter. Har De nogen ide om, hvem der gjorde det? Og hvad motivet kan have været?"

Jeg svarede, at jeg ikke havde nogen anelse.

Kirwin sagde ikke mere. Men jeg kunne se, at han vidste, at jeg løj.

* * *

Jeg trådte fra det mørke fængsel ud i lyset, hvor min far sad på en bænk og ventede.

Han faldt mig om halsen. Jeg prøvede også at lægge armene om ham, men havde ikke kræfterne det. Han sagde, at det gjorde ham ondt, så ondt. Stakkels Henry myrdet på samme måde som William. Hvad var sandsynligheden?

"Jeg vil hjem, far," sagde jeg og så ham for mig. Monstret. Morderen. Snart ville vi mødes igen. Og denne gang ville jeg være forberedt. "Jeg vil hjem og giftes med Elizabeth."

KAPITEL 26

Brylluppet fandt sted en måned senere, og jeg husker dagen, som man husker brudstykker af en drøm – fragmenteret, rodet, usammenhængende.

De elegante blomsterdekorationer. Gæsternes varme håndtryk. Maden, jeg næsten ikke kunne tvinge ned. Og Elizabeth. Smukke, henrivende Elizabeth. Ringen på hendes finger. Hendes læber mod mine, da præsten erklærede os for rette ægtefolk at være i både medgang og modgang, indtil døden os skilte. Hendes brudekjole mindede mig om et ligklæde, og nogle gange kunne jeg næsten ikke holde ud at se på hende.

I sin tale nævnte min far både Henry og William og sagde, at de nu var sammen med min mor i det himmelske rige, hvorfra de smilede ned til os på denne lykkens dag. Sorg og tragedie havde hjemsøgt vores familie den seneste tid, men nu var det fremtiden, det handlede om. Med vielsen og Guds velsignelse ville der atter komme liv og latter i huset. Børnebørn, som ville kræve omsorg og kærlighed og erstatte dem, vi så grusomt var blevet berøvet. En ny generation, der stolt ville bære Frankenstein-navnet videre.

Efter talen blev der råbt hurra, og jeg bar min maske af glæde, så godt jeg formåede, mens jeg indeni rystede af stigende rædsel.

På et tidspunkt kom en af min fars venner hen til mig. Han var en af byens spidser og kendt for sin ligefremme og til tider ubehøvlede facon. Monoklen, han gik med, gav hans venstre øje et spiddende udtryk.

"Har De tænkt Dem at slå dem ihjel her?" spurgte han.

Jeg spildte nær mit vinglas. "U-undskyld?"

"Jeg spurgte, om De har tænkt Dem at slå Dem ned her." Han pegede med sin stok mod vinduet. "I Genève, mener jeg. Deres far fortæller jo, at De efterhånden er en berejst herre."

Jeg kan ikke huske, hvad jeg svarede, kun at jeg var nødt til at komme væk fra det borende blik, der virkede så fuldt af anklage.

Henrys far var også med til bryllupsfesten. Han havde altid været en stor mand, men han havde tabt sig voldsomt, siden jeg havde set ham sidst. Hans skuldre hang, som om livet var ved at presse ham i knæ, og selv om han smilede, da han kom hen til mig, virkede hans øjne sløve og glasagtige. Der var ingen styrke i hans håndtryk.

"Henry ville have holdt en alletiders tale for brudgommen," sagde han.

Jeg mærkede tårerne presse på. "Den bedste."

"Han elskede dig, Victor. Han elskede dig som sin egen bror. Jeg tror, at du i højere grad end studierne var årsagen til, at han ønskede at komme til Ingolstadt. I to har altid hængt sammen som ærtehalm."

Jeg ville gerne sige noget. Kunne ikke.

"Man har desværre endnu ikke fundet morderen. Jeg kan stadig ikke tro, at de mistænkte dig for at have gjort det. Jeg ..."

Han blev afbrudt af et glas, der blev slået på, og det var jeg glad for. Også selv om det var endnu en tale om tro, håb og kærlighed.

Fra den anden side af rummet smilede Elizabeth til mig. De smilede alle sammen til mig.

* * *

Jeg havde fået arrangeret, at Elizabeth og jeg efter bryllupsfesten skulle sejle over søen og tilbringe natten på en kro i Evian, en lille by længere oppe ad kysten. Hvad der end ville ske, så ønskede jeg ikke at være i nærheden af min far, når det gik løs, og han vinkede til os sammen med resten af selskabet, da vi steg ombord på båden. Klokken var seks, og jeg følte skiftevis isnende skræk og forventningens kriblen indeni. Om mindre end tolv timer ville enten uhyret eller jeg være død.

"Aftenglorie," sagde Elizabeth og nikkede mod himlen. Den røde sol var på vej ned bag de glødende bjerge, der kastede lange slagskygger ind over søen. Jeg havde altid følt mig hjemme blandt disse naturens mastodonter, at bjergene var en slags skærmende beskyttere. Nu forekom de mig ildevarslende og forræderiske, og hele tiden stirrede jeg ind mod kysten med en klar fornemmelse af, at et par usynlige øjne stirrede tilbage.

"Hvad er der i vejen, Victor?" spurgte hun. "Du virker så utilpas. Dit blik flakker, og du farer sammen, hver gang du hører en lyd." Hun tog min hånd. Der var et drillende udtryk i hendes ansigt. "Du er vel ikke begyndt at fortryde?"

"Jeg fortryder intet," løj jeg. Jeg fortrød alt, hvad jeg havde gjort de sidste seks år. Jeg tog om hende, men pressede hende ikke tæt ind til mig. Så ville hun mærke kniven i min lomme og pistolen, der hang i et skæfte under min frakke. Jeg kunne ikke vente med at presse aftrækkeren i bund og sende en kugle igennem monstrets morderiske hjerte. Jeg strøg hende over kinden, men det var Henry, jeg så for mig. Henry med blå hals og munden spærret op i et lydløst skrig. "Kun at vi ikke giftede os noget før."

KAPITEL 27

Mørket havde sænket sig, og månelyset lå som smeltet sølv på vandet, da vi nåede frem til kroen.

"Husets bedste," sagde værten, da han med et smil og et tillykke rakte mig nøglen til værelset. "Udsigten over søen om morgenen er et syn for guder."

Jeg skævede til Elizabeth, der hvilede benene i lænestolen foran pejsen, og sænkede stemmen. "Jeg takker, men har De et værelse i den modsatte side i stedet?"

"Ønsker De et andet værelse? Men ..."

"Vi har været på vandet hele aftenen. Jeg foretrækker at kigge ud over skoven."

"Naturligvis," lød det mumlende svar. "Skoven er såmænd også dejlig."

Vi fik båret vores kufferter op og blev lukket ind i værelset, der lå på fjerde sal. Jeg gik hen til vinduet og så ud. Træerne lyste blåt i måneskæret. Der var ingen bevægelse ud over grangrenene, der svajede i den stille brise. Der lå en hestestald og et brændeskur på denne side af kroen. Stillede man sig bag stalden, havde man udsyn til både bagdøren og alle vinduerne på denne side. Det var skoven, uhyret ville komme fra, ikke søen.

"Jeg håber, at alt er, som De foretrækker," sagde drengen, der havde slæbt vores kufferter op.

Jeg trak gardinet for og stak ham en mønt. "Det er perfekt."

Han lukkede døren efter sig, Elizabeth og jeg var alene, og jeg blev pludselig grebet af en kvalmende fornemmelse, idet det for alvor gik op for mig. At det var nu. Kampen var fløjtet i gang, og angrebet kunne finde sted, hvornår det skulle være. Der var ikke længere et sekund at spilde.

Jeg gik hen til Elizabeth og tog hende om skuldrene. Lidt for hårdt efter hendes ansigtsudtryk at dømme. "Lyt til mig. Jeg er nødt til at forlade dig for en stund. Du skal låse døren efter mig, og du må ikke låse op for nogen. Ikke for *nogen*."

Hun så forvirret på mig. "Hvad taler du om, Victor? Hvorfor ..."

"Der er ikke tid til at forklare, Elizabeth. Du er nødt til at stole på mig, hører du?"

"Men ..." Hun afbrød sig selv med et gisp, da jeg stak en hånd ind under min frakke og trak pistolen frem. "Hvad er det her for noget? Victor?"

"Elskede, elskede Elizabeth," sagde jeg og kyssede hende på panden. Kunne næsten ikke bære at forlade hende. Men hvis jeg blev i værelset, ville jeg udsætte hende for endnu større fare. "Bliv her."

Jeg trak mig baglæns, og denne gang var det hende, der greb fat i mig. "Er du i fare, Victor?" Så skiftede udtrykket i hendes blik, idet en anden tanke slog hende. "Er det den samme, der slog Henry ihjel? Er ... er han også efter dig?"

Jeg sank en klump. "Ja."

"Men hvorfor? Hvem er han? Hvorfor har du ikke sagt noget? Hvorfor er du ikke gået til politiet?"

"Ikke nu, Elizabeth. I morgen. Jeg fortæller dig det hele i morgen, det lover jeg, men først ... Lås døren, og luk ikke op for nogen!"

Jeg vristede mig fri af hendes hænder. Inden jeg forlod værelset, kiggede jeg tilbage på hende. Elizabeths øjne var store og bange, og det var min skyld. Dagen i dag skulle have været den lykkeligste i hendes liv, og jeg hadede mig selv for at have bragt hende i denne situation.

"Det var ikke Justine, der slog William ihjel," sagde jeg og lukkede døren bag mig.

Jeg løb ned ad trapperne. Min plan var at skjule mig i skyggerne bag hestestalden og vente på, at uhyret ville komme snigende ud af mørket. Uanset om han ville benytte bagdøren eller klatre op ad husmuren til værelsesvinduerne, så ville jeg have godt udsyn og ikke misse mit skud på så kort afstand. Forhåbentlig ville skuddet være dræbende, men hvis ikke, så ville jeg gøre arbejdet færdigt med kniven, og jeg ville smile, mens jeg skar hans strube over.

Hvornår han ville dukke op, anede jeg ikke. Dette spil, hvor vi begge var jægeren og byttet, kunne vare det meste af natten, men uanset hvornår han slog til, så ville jeg være parat.

Det troede jeg i hvert fald, men ...

Det næste, der skete ...

Jeg kan ikke holde ud at tænke på det. Men det gør jeg.

Jeg tænker på det hele tiden.

Jeg havde ikke forventet, at han ville slå til så hurtigt, men han må have været på vej op ad husmuren, allerede da jeg forlod værelset.

Jeg var ikke nået mere end halvvejs ned ad trappen, da der lød et klir efterfulgt af et skrig.

Tiden standsede. Hver en muskel og fiber i min krop var lammet, og bare det at vende mig om syntes at tage en evighed. Jeg kunne mærke blodet størkne i årerne og stikke i mine lemmer. Måske råbte jeg Elizabeths navn, måske hviskede jeg det kun.

Turen op ad trappen føltes som timer, selv om det næppe kan have taget mere end få sekunder. Men også det var for lang tid.

Alt for lang tid.

Hun skreg ikke længere, da jeg nåede frem. Der var kun stilhed. Grusom, skånselsløs stilhed, idet jeg sparkede døren til værelset op.

Alting styrtede sammen inden i mig. Det var, som om jeg døde igen og igen, mens jeg stod der i døråbningen og stirrede på Elizabeth, der lå i sengen. Det så ud, som om hun var blevet kastet som en dukke.

Armene, der hang slapt ned.

Håret, der lå som et forrevet slør hen over ansigtet.

Hovedet, der vendte den forkerte vej.

Vinduet var smadret, gardinet var flået ned på gulvet og …

Og der var han.

Som en grotesk edderkop sad min fjende ude på muren og betragtede mig gennem den knuste rude. Han havde et ondskabsfuldt grin i ansigtet, og han løftede spottende en finger og pegede på liget af min hustru, som om han ville sige: *Nu ved du, hvordan det føles.* Så begyndte han at kravle ned, og først nu forstod jeg, at det aldrig havde været hans plan også at slå mig ihjel. Det var Elizabeth, han var kommet efter. Kun Elizabeth.

Med et brøl løb jeg hen til vinduet og tog sigte med pistolen. Han var stadig på vej ned ad muren, men om det var, fordi jeg rystede for meget eller ikke tog mig tid til at sigte ordentligt, ved jeg ikke. Jeg ved kun, at jeg missede mit skud.

Så var han væk.

Jeg løb tilbage til Elizabeth og tog hendes slappe krop i min favn, knugede hende ind til mig, græd i hendes hår. Hvad havde jeg dog gjort? Hvad havde jeg dog gjort?

Svagt fornemmede jeg folk komme løbende ind i værelset, tilkaldt af larmen. De var ikke andet end slørede skikkelser for mit blik, deres ophidsede stemmer fjerne ekkoer.

"Hjælp mig!" græd jeg, bønfaldt jeg, skreg jeg, hviskede jeg. "Åh gud, hjælp mig! Hun er blevet slået ihjel. Morderen er stadig derude, fang ham, fang ham!"

Der lød råb og trampende skridt, og få øjeblikke senere lyste deres fakler op i den mørke skov, da de med høtyve og geværer indledte jagten på uhyret. Jeg vidste, at de aldrig ville få fat i ham.

Jeg blev tilbage og holdt om Elizabeth. Min elskede søster, som jeg var vokset op med. Som jeg havde grinet og grædt med. Som jeg havde badet i søen med om sommeren og kælket med om vinteren. Som jeg havde danset i mudderpytter og kigget på stjerner sammen med. Som havde ventet på mig. Som havde stolet på mig. Jeg havde satset hendes liv, og jeg havde tabt, og tanken rev i mig. Tanken om, at jeg kunne genoplive hende. Jeg kunne skære hendes hoved af og erstatte de knækkede nakkehvirvler med nye. Sy hovedet på igen med fine sting, der kunne skjules af et tørklæde.

Men jeg havde efterladt mit værktøj i en ormstukken rønne på Orkneyøerne, og selv om det skulle lykkes mig at få fragtet hendes lig dertil ... Selv om det skulle lykkes mig at vække hende igen ... Ville det så overhovedet være Elizabeth, der vendte tilbage? Hvor sad sjælen? Hvor blev den af, når livet ophørte? Hvad nu, hvis det ikke var min kærlige Elizabeth, der slog øjnene op, men en forandret udgave, der var lige så hadefuld som det bæst, der havde myrdet hende? Det forbandede monster, der også havde myrdet William og Henry og …

Erkendelsen ramte mig som en hammer.

Min far! Jeg havde troet, at uhyret ville gøre det af med mig på min bryllupsnat, hvor han antog, at jeg ville være mest lykkelig. Men selv om det var mig, han var ude efter, så forstod jeg nu, at han ikke ønskede at straffe mig med døden, men med livet. Ønskede at frarøve mig alle dem, jeg elskede, og udslette hele min familie. Hvilket betød, at hans bestialske gerninger denne nat end nu ikke var ovre. Tanken vækkede mig til handling, og jeg forlod værelset i sprint. Løb ned ad trappen og ud i hestestalden, hvor jeg hurtigt sadlede den største af hestene op og jog hælene ind i siden på den, tordnede ned ad stien gennem den måneoplyste skov. Jeg kunne høre mændene, der jagtede morderen. Gøende hunde. Lydene fortonede sig hurtigt bag mig. Jeg red i galop hele vejen til Genève, mens jeg piskede hesten til blods.

Huset så uforstyrret ud, da jeg omsider nåede frem, men jeg gruede for det forfærdelige syn, der ventede mig derinde.

Jeg sprang af hesten og løb op til døren, hamrede på den af alle kræfter, mens jeg råbte på min far.

Kort efter blev den åbnet, og der stod han. Han så umådeligt tynd og gammel ud i sine natklæder og med stokken i hånden. Han stirrede forskrækket på mig. "V-Victor?"

Jeg trådte ind og låste døren bag mig. Kunne næsten ikke få ordene over mine læber. Men det viste sig heller ikke at være nødvendigt.

"Elizabeth?" hviskede han.

Jeg nikkede, og hans læber skælvede, som om han prøvede at sige noget mere. I stedet gav det pludselig et spjæt i ham. Stokken gled ud af hans greb, og han tog et enkelt vaklende skridt imod mig, hans ansigt forvredet i en smertefuld grimasse. Så faldt han om.

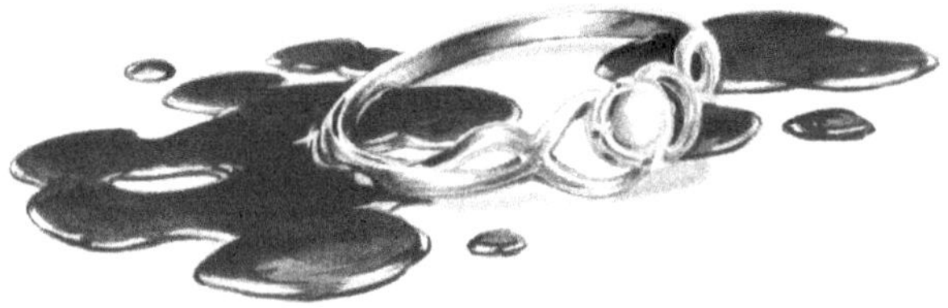

KAPITEL 28

En dobbelt begravelse.

Elizabeth og min far, der aldrig nåede at komme til bevidsthed igen. Efter tre dage døde han, mens jeg sad ved hans side. Jeg prøvede at græde, men kunne ikke. Jeg tror ikke, at jeg havde flere tårer tilbage.

Nu var jeg alene tilbage. Den sidste af slægten Frankenstein. Solen skinnede ind gennem glasmalerierne og tegnede regnbuemønstre på de to hvide kister. Præstens ord rungede hult i kirken. Bortset fra mig var bænkerækkerne tomme. Jeg havde ikke fortalt nogen om ceremonien.

Jeg kiggede på den korsfæstede Kristus, hvis arme var bredt ud til siden, som om han favnede alverdens lidelse. Alligevel så han fredfyldt ud, som han hang der med nagler banket igennem hænder og fødder og en tornekrone presset ned over hovedet.

Hvornår bliver smerte så intens, at det gør en følelsesløs?

Jeg havde ikke set uhyret siden mordet på Elizabeth. Måske havde jeg overhalet ham på vejen til mit barndomshjem, hvor jeg med min besked havde myrdet min far, før skabningen fik muligheden for det. Dermed var hans hævn fuldbyrdet, for han havde tydeligvis ingen planer om også at slå mig ihjel. Guds enbårne søn var død efter ni timer på korset, men trods alle mine kvaler ville jeg ikke blive tilladt samme fred. Heller ikke for egen hånd. Ikke så længe det bæst var derude. Jeg havde mistet alt, men det betød også, at jeg ikke længere havde mere at miste, og helt følelsesløs havde smerten trods alt ikke gjort mig. Jeg havde stadig hadet tilbage.

Jeg blev stående ved min families grav, indtil natten faldt på, og fuldmånen løftede sig. Træernes nøgne grene tegnede sig som bugtende ar på skivens lysende ansigt.

Caroline Frankenstein. Alphonse Frankenstein. William Frankenstein. Elizabeth Frankenstein.

Hele min familie reduceret til navne på en gravsten. Fødsel og død balancerende som lodder på en vægtskål, det levede liv væk, forsvundet et sted i tomrummet mellem de to datoer. Jeg tænkte, at Henrys navn manglede. Han var lige så meget en del af mig, og jeg skrev det med en finger i gruset foran stenen. Henrys navn og mit eget. Det manglede også.

"Led mig i min opgave," sagde jeg og vidste ikke, om jeg talte til de døde ånder, der syntes at flagre omkring mig i mørket, eller den gud, jeg ikke længere troede på. "Hjælp mig, og lad det fordømte uhyre tømme smertens bæger. Lad mig se lyset slukke i de øjne, jeg aldrig skulle have åbnet. Jeg sværger at forfølge ham, indtil …"

Tung, diabolsk latter rungede mellem klipperne, som om verden var en mund og bjergene dens tænder.

"***Jeg er tilfReds,***" lød hans stemme et sted i natten. "***Du har besLuttet dig for at leVe … og jeg er tiLfreds.***"

Han trådte ud i månelyset, ikke mere end tyve meter fra, hvor jeg stod, med armene bredt ud til siden som en forvreden og hånlig udgave af Guds korsfæstede søn. "***Så jagt mig da!***"

Med et brøl for jeg frem imod ham, men han dykkede ind i skyggerne og forsvandt med umenneskelig hast. Noget hang tilbage i luften, lysende hvidt i måneskæret, dalende mod jorden som en fjer.

Det var et stykke papir. En afreven og uskreven side fra min dagbog.

"Til verdens ende," hviskede jeg og stirrede ind i mørket.

5

KAPTAJNEN

KAPITEL 29

Stilhed.

Kun lyden af isen, der bankede mod fuldriggeren og fik skroget til at stønne. Som om skibet næsten heller ikke kunne holde ud at høre mere.

Stilhed.

Kaptajn Walton åbnede munden for at sige noget, men endte med at lukke den igen. Hvilke ord fandtes der efter dette? Alt det, manden havde fortalt … Ligskænding, ugudelige eksperimenter, monstre, mord og død. Lige fra starten havde historien rystet ham, og den var kun blevet værre, hele tiden værre.

Troede Walton overhovedet på den afsindige beretning? At det var lykkedes denne Victor Frankenstein at få livløse hjerter til at slå igen og fra bunden at konstruere et levende væsen?

Var Walton blevet fortalt alt dette for en uge siden, ville han uden tvivl have afvist historien som det rene nonsens. En forrykt persons rablerier. Men dagen før de havde hevet den fremmede ombord, havde kaptajnen og hans besætning set en besynderlig skikkelse ude på isen. Menneskelignende og så alligevel ikke. De havde ikke kunnet se den tydeligt, men de havde tydeligt kunnet se, at noget var forkert ved den.

Sådan fremstod skabningen også i Waltons hoved. Frankenstein havde beskrevet sin frembringelse i hårrejsende detaljer, men alligevel kunne Walton i sine tanker ikke sætte de forskellige elementer sammen til ét helt billede. Som om væsenet var for uhyrligt til at forestille sig.

Og endnu mere grufuldt var alt det, der var sket efterfølgende. Walton kunne slet ikke begribe den smerte, Frankenstein havde gennemlevet. Uanset hvad man havde gjort, var der ingen, der fortjente en skæbne som hans.

Alligevel vaklede kaptajnen i sine følelser over for manden. Det ene øjeblik følte han stor medlidenhed, det næste en dyb afsky. En ting var at sætte sig i Guds sted og gå ned ad stier, intet menneske bør betræde, for derefter at flygte fra sine handlinger og fralægge sig ethvert ansvar. Men at bruge sin egen brud som en brik i et spil på den måde … Lokkemad for at tvinge uhyret ud af sit skjul … Og resultatet? Mere død og destruktion og nu …

Nu har han ikke andet end hævnen tilbage, tænkte Walton og betragtede dette skelet af et menneske, der engang var draget ud for at sætte sit aftryk på verden, men som i stedet var endt som en kopi af det monster, han jagtede: en skabning, der levede og åndede for gengældelse. To alen af ét vanvittigt stykke.

"Jeg har fulgt hans spor lige siden. På tværs af landegrænser og fra den ene verdensdel til den anden," sagde Frankenstein stille. Han var blevet blegere i løbet af den sidste del af fortællingen, og når han blinkede, gled øjenlågene ikke længere helt op. Som om minderne havde drænet ham for de sidste kræfter.

Nej, ikke 'som om', indså kaptajnen. Manden foran ham var ved at dø. Og han vidste det.

Walton måtte rømme sin stemme i gang. "Hvordan er det lykkedes Dem at følge efter ham?"

"Fordi han ønsker det sådan. Fordi han begærer det, jeg ikke gav ham, da han blev født: min opmærksomhed. Af og til lod han sig med vilje spotte af landsbyboere, der bævende kunne udpege den retning, han var forsvundet i. Eller han efterlod sig skrift på træernes bark eller hugget i sten." Frankenstein stak en hånd i sin lomme og trak et lille stykke papir op, som var krøllet sammen til en kugle, ikke større end en ært. "Det her fandt jeg spiddet på en gren ved et udbrændt bålsted dybt inde i de russiske skove, hvor jeg fulgte de store fodspor i sneen."

Han rakte det til Walton, der foldede den lasede lap ud. En enkelt sætning, de udtværede ord var på fransk.

"Hvad står der?"

"'Mit herredømme er endnu ikke ovre'."

Walton lod fingrene glide hen over den klodsede håndskrift og skælvede. Indtil nu havde uhyret ikke været andet end en sløret kontur langt ude på isen og et uhyggeligt element i en tragisk fortælling, men med dette papir … Pludselig føltes skabningen tæt på. Som om den var her i rummet sammen med dem.

"Af og til lagde han mad til mig," sagde Frankenstein. "En død hare eller fisk. I begyndelsen kastede jeg dem rasende fra mig, men det blev efterhånden sværere og sværere at finde føde. Jeg spiste, mens jeg forbandede min djævelske velgører langt væk. Min eneste glæde i de mange måneder var søvnen. Glade drømme om Henry, Elizabeth, William og min far. Hver nat blev tilbragt i deres selskab, og når jeg vågnede, forestillede jeg mig, at det var omvendt. At jeg blot var faldet i søvn, og at livet ikke var andet end et mareridt, som jeg om natten ville vågne op fra."

Walton rakte papiret tilbage til ham, men Frankenstein tog ikke imod det. Hans røst havde fået en monoton klang. Det var som at høre en maskine tale.

"Jeg lejede en slæde, da jeg nåede isen, og for en uges tid siden kom jeg til en ussel landsby ved kysten. Her kunne man med fagter og tegninger fortælle om et kæmpemæssigt uhyre, der havde vist sig natten før. Da jeg spurgte, hvor det var blevet af, pegede de ud over det tilfrosne hav. Derude var der intet, lod de mig forstå. Skabningen ville enten blive dræbt af ismasserne eller blive offer for den evige frost. Jeg svarede, at de tog fejl, og piskede atter hundene i gang. Jeg vidste, at jeg ville dø herude. Selv om det skulle lykkes mig at indhente uhyret og slå ham ihjel en gang for alle, så ville jeg ikke være i stand til at vende tilbage. Så en dag – efter en næsten endeløs rejse over isen – så jeg ham, ikke mere end en kilometer væk. Så han også mig? Jeg ved det ikke, for i det samme lød der en buldrende torden. Ikke over mig, men under mig, som var djævelen selv ved at rejse sig. Det tilfrosne vand skælvede og flækkede, og i løbet af et øjeblik voksede havet frem mellem mig og min fjende. Jeg drev væk på en løsreven isflage, mens jeg brølede rasende over denne uretfærdighed. Så tæt på og med ét så langt fra. Han forsvandt hurtigt ud af syne. Jeg ved ikke, hvor mange timer der gik på denne måde, men en efter en bukkede slædehundene under. Det sidste, jeg husker, er Deres skib, kaptajn. Som en sær luftspejling, der pludselig manifesterede sig ud af tågen. Jeg brækkede et stykke af slæden, som jeg brugte som åre, og forsøgte at skubbe isflagen i skibets retning. Jeg har ingen erindring om, at det lykkedes, for alt derefter står uklart for mig. Indtil Deres cognac og gode pleje bragte mig tilbage. Og her er vi så."

Og her er vi så, tænkte Walton og mærkede endnu en kuldegysning stryge igennem sig. Han havde fisket en forkommen stakkel op fra polarhavet, og som tak havde manden indviet ham i den mest sælsomme og skræmmende historie, han nogensinde havde hørt. En historie, han nu pludselig selv var en del af. For her var de så.

"Kan han finde på at angribe skibet?" spurgte Walton.

"Har De slet ikke hørt efter, kaptajn? Der er ikke noget, han ikke kan finde på." En mælkeagtig hinde syntes at have lagt sig over Frankensteins øjne. Som om isen udenfor var krøbet ind i hans blik. "Men det samme kan vel siges om mig. Jeg fandt på at gøre noget, intet menneske før har gjort." Der var kraft i ordene, men ikke i stemmen, der blev mere og mere spag. "Jeg rørte himlen, kaptajn. I mine tanker rørte jeg himlen, men blev lænket i helvede."

Frankensteins krop krummede sig pludselig sammen, og han brød ud i et forfærdeligt hosteanfald. Det lød, som om hans hals var fyldt med grus. Da det endelig stilnede af, var hans skæg plettet af blod.

"Tal ikke mere," sagde Walton. "De er nødt til at spare på kræfterne, min ven."

Den voldsomme hoste havde fået tårerne frem i Frankensteins øjne. Nu løb et par af dem ned ad hans ansigt. "Selv efter alt, hvad De har hørt, så vælger De at kalde mig Deres ven. De er et godt menneske, kaptajn." Han løftede en hånd og forsøgte at tørre øjnene, men havde ikke styrken til det. Så stivnede han og drejede hovedet mod vinduet.

"Han er her," hviskede han.

Waltons åndedræt standsede.

"Jeg kan mærke, at han er her. Han sidder derude og griner sit gemene grin, mens han slubrer min smerte i sig. Giv mig mit gevær! Hurtigt!"

Frankenstein slog tæppet til side og prøvede at stige ud af sengen, men anstrengelsen var for stor, og han faldt tilbage igen.

"Han er her," gispede han. Sveden glinsede på hans feberhede pande. "Han er her. Han …" Så gled hans øjne i, og han sank bort. Et øjeblik troede Walton, at han var død, men et svagt åndedræt kunne stadig høres. En syg hvislen fra de betændte lunger.

Walton stirrede mod vinduet, mens han langsomt gik hen til skrivebordet og trak skuffen ud. Tog pistolen og spændte hanen. Han havde ladt den samme dag, som de havde spottet den sære skabning ude på isen. Forsigtigt trådte han hen til vinduet, mens han sørgede for at undgå de brædder, der knirkede. Tvang sin hånd til at forholde sig i ro, da han åbnede hasperne. Snoede sin finger om aftrækkeren. Og slog vinduet op.

Ingenting.

Kun isflagerne, der vippede på bølgerne. Nogle af dem grænsede op til hinanden i et ujævnt mønster. Som puslespilsbrikker, der ikke passer sammen.

Med et suk lukkede Walton vinduet og lagde pistolen tilbage i skuffen. Da han trak tæppet op om Frankenstein, så han, at manden var vågen igen.

"Det var ikke sådan, jeg havde tænkt, at historien skulle ende, kaptajn," sagde han. Et svagt host. Mere blod på læberne. "Kan dæmonen finde på at angribe skibet, spurgte De, og svaret kan ikke understreges nok: Der er ikke noget, han ikke kan finde på. Han har hele tiden været et skridt foran mig, har lyttet og lært fra sine skjulesteder, og nu ved De, hvor farlig og udspekuleret han er. Jeg kan ikke forlange, at De fortsætter min jagt, men jeg beder Dem: Hvis De ser ham igen … Hvis han viser sig … Lyt ikke til ham, men sværg, at De vil dræbe ham uden tøven. Han kan være overbevisende, men tag ikke fejl. Hans sjæl er lige så forkrøblet som hans skikkelse. Så sværg, kaptajn!" Frankensteins hånd skød frem fra tæppet og tog fat i Waltons. To af hans fingre var frostbidte og hang blå og visne ned, men de tre andre borede sig som kløer ind i kaptajnens håndflade. De blodskudte øjne, der for et øjeblik siden havde været slørede af udmattelse, strålede med vild desperation. "Sværg! Sværg! Svæ..."

Stemmen, der kortvarigt havde genvundet kraft, punkterede, og hans arm faldt slapt ned.

"Frankenstein?" Walton lænede sig frem. Lagde en hånd på hans bryst. "Victor?"

Brugen af hans fornavn fik hans blik til at finde Waltons. Langsomt.

Det fjerne blik fandt fokus. Langsomt.

Antydningen af et blidt smil tegnede sig på de sprukne læber. Langsomt.

"Henry?" hviskede han.

KAPITEL 30

Is, skygger, hav. Så langt øjet rakte. Gådefuld, smuk, nådesløs natur, som indtil for nylig havde fyldt ham med gåpåmod og eventyrlyst, men som nu indgød en følelse af at være omgivet af hemmeligheder, som man gjorde klogest i at lade være.

Walton stod ude på dækket, da skibsføreren kom hen til ham.

"Et ord, kaptajn?"

Han nikkede uden at tage blikket fra isen. Skyggerne. Havet.

"Det er godt at se Dem på dæk igen," sagde skibsføreren. Ordene dækkede over en mild anklage. De sidste dage havde Walton tilbragt mere tid med Frankenstein i kahytten end med mændene på skibet. Og sømænd havde brug for en kaptajn. Især når det så dystert ud. Lige nu var nogle af dem i gang med at hakke is af rigningen. Frosten havde forvandlet rebene til stive stænger. "Hvordan går det med den fremmede?"

"Han sov ind for lidt siden," svarede Walton og tænkte på det spæde smil, der havde fulgt Victor Frankenstein fra Genève ind i evigheden.

En god død. Trods alt.

"Fortalte han Dem det? Fandt De ud af, hvordan i alverden han var havnet helt herude i midten af ingenting?"

Walton rystede på hovedet. "Jeg forsøgte, men det var ikke til at finde hoved og hale i det. Det meste af tiden talte han i vildelse."

Gad vide, hvad skibsføreren ville sige, hvis Walton viste ham sin notesbog, hvori han omhyggeligt havde nedfældet Frankensteins forrykte historie? Hvis han vidste, hvad der krøb rundt mellem isbjergene? Hvad ville Waltons egen søster hjemme i London sige? Han havde tænkt på hende, mens han stod herude. Mærket savnet indeni, dybt som vandet under dem.

"Jeg har på fornemmelsen, at det ikke er ham, De er kommet for at tale med mig om," sagde Walton.

Skibsføreren nikkede, men tøvede lidt, før han fortsatte. "Det drejer sig om mændene, kaptajn. Kulden er ved at få ram på dem, og de er bange. En ting er al deres overtroiske snak om onde varsler, men de har ret i, at det er farligt at fortsætte. Hvis isen samler sig om os igen, vil skibet være i overhængende fare for at blive knust af trykket. Jeg har efter bedste evne forsøgt at indgyde dem håb og mod, men ..."

"De vil hjem?" Walton vendte sig imod ham og så på skibsføreren med et hårdt blik. Den anden mødte det uden at blinke. "Og hvis jeg forlanger, at vi sejler videre?"

"De er skibets kaptajn, og det er Deres ekspedition."

"Men?"

"Tænk Dem grundigt om, kaptajn," sagde skibsføreren og forlod ham.

Walton blev stående lidt og lyttede til vindens kolde susen hen over isen og vandet. Til frosten, der kravlede ind i skibets planker som en sygdom. Til stemmen i sit hoved. Frankenstein.

"Hvo intet vover, intet vinder," siger De. Men hvad nu, hvis der ikke er *noget at vinde? Hvad nu, hvis der ikke er guld for enden af regnbuen, men lutter rædsel?*

Walton gik tilbage til sin kahyt. Havde brug for at tænke sig grundigt om.

Hvor sidder sjælen, kaptajn? Hvor sidder sjælen?

Han hørte lyden, netop som han drejede håndtaget. En skramlen på den anden side, og hans første tanke var, at han havde taget fejl. At Frankenstein alligevel ikke var død.

Så åbnede han døren og stirrede lamslået på den enorme skabning, der stod bøjet ind over bænken, hvor den livløse mand lå.

Frankensteins fortælling havde malet skrækindjagende billeder i Waltons hoved, men de var intet – *intet* – sammenlignet med den virkelighed, der mødte ham nu.

Du godeste gud.

Ord kunne ikke på rimelig vis beskrive det groteske, nej, *umulige* væsen, der stod foran ham.

Kroppens forvredne proportioner.

Ansigtet, der var som hentet ud af et mareridt.

De rindende, mælkede øjne, der var rettet mod Walton.

Skabningen var kommet ind gennem vinduet. Vinduesrammen var knust, og gardinerne bølgede i den isnende blæst. Hans ene hånd – syv fingre og stor som en stegepande – lå på Frankensteins bryst. Så trak han den til sig og sprang med en foruroligende hurtighed mod vinduet.

"Vent!" råbte Walton, forbløffet over, at chokket trods alt ikke havde efterladt ham fuldkommen handlingslammet – og uden helt at forstå, hvorfor han råbte. Måske for at købe sig tid, så han kunne efterkomme Frankensteins sidste ønske. Pistolen lå klar i skuffen, men først skulle han tilbagelægge de tre meter hen til skrivebordet. Måske derfor, men … ikke kun.

Kan han finde på at angribe skibet?

Har De slet ikke hørt efter, kaptajn? Der er ikke noget, han ikke kan finde på.

Men han havde *ikke* angrebet. Tværtimod, han havde været ved at stikke af, og trods sit makabre udseende lignede skabningen mere et forskræmt dyr end en koldblodig dræber. Ved synet af ham var Walton ikke kun blevet grebet af en fundamental rædsel, men også af det, som havde bragt ham så langt mod nord.

Nysgerrighed.

Væsenet standsede og så undrende på Walton, der fastholdt hans blik, selv om det vred sig i ham for at kigge væk.

Et stykke tid var der ingen af dem, der sagde noget.

Så trådte den navnløse skabning langsomt tilbage til den døde mand på bænken og knælede ved hans side.

"***Jeg føleR ingen gLæde ved … din død, FraNkenstein. KuN … tomhed.***" Han talte engelsk. Stemmen var kantet og tonløs, udtalen rå, og Walton tænkte, at hvis de golde ismarker omkring dem havde en røst, så ville den lyde på denne måde. Væsenet tog Frankensteins hånd, strøg den blidt. "***TilGiv mig.***"

Med hamrende hjerte lukkede Walton døren bag sig, mens han spekulerede på, om han gjorde klogere i at råbe på mændene. De ville være her i løbet af et øjeblik, bevæbnet med geværer og harpuner.

"Din anger kommer for sent," sagde han og trådte et skridt nærmere skrivebordet. "Selv hvis han havde været i live, ville han aldrig tilgive dig."

"***Du keNder vores hiStorie.***" Uhyret løftede en arm og pegede på det knuste vindue. *"**Jeg sad derude og lYttede. Hans beretNing ... er sand, men på ét punKt tog han ... feJl. Jeg faNdt aldrig nydelse i mine forbRydelser ... Williams jaMren. Henrys sTønnen. Elizabeths skRig. Hver nat ... hjemSøger de mig.**"*

"Usle hykler," snerrede Walton og tog et skridt mere. To meter til skuffen. Han vidste ikke, hvad han havde forventet at høre, men dette kom bag på ham. Det gjorde ham vred, *rasende*, og han kunne ikke holde ordene tilbage. "Din medlidenhed er hul! Du beder kun om tilgivelse, fordi offeret for din ondskab nu ligger der, død og uden for din rækkevidde. Hvis han stadig havde været i live, ville han fortsat være mål for din hævn."

*"**SåDan er det ikke.**"* Skabningen slog blikket ned. Frankenstein havde beskrevet væsenets øjne som værende livløse ligesom de mennesker og dyr, han var sat sammen af, men det passede ikke. Der var en sorg derinde, lige så afgrundsdyb som den, der havde været i Frankensteins blik. *"**Ja, jeg er usseL. Jeg har myRdet, og jeg ... vÆmmes ved det. MeN hvad med dem ... der syNdede mod mig? Også de forBrød sig mod en uSkyldig.**"*

"De var uvidende. De vidste ikke, at ..."

*"**Og din undskyLdning? TrodS alt, hvad du har høRt ... forTsætter du med at tRæde tættere på sKrivebordet. Er der noget i ... sKuffen, du er ude efter?**"*

Walton gik i stå, mærkede til sin forbavselse, hvordan en anden følelse pludselig blandede sig med skrækken, vreden og nysgerrigheden.

Skam.

*"**SeLv du, der keNder min ... baggruNd, dømmer mig som alle andRe. Men jeg søger ikke læNgere ... medlidenhed fra noget mennesKe. Det håb ... er knuSt.**"* Skabningen rystede stille på hovedet. *"**Du behØver ikke ... udføre din dom, kaPtajn. Jeg**

har dømt ... mig seLv. Du frygter, at jeg vil angRibe skibet og fortsætte min ... hærgen bLandt mennesKene. Men vær ... ikke baNge. Det onde i mig er gået boRt med min skAber. Kun et sidste ... offer maNgler."

Et frygteligt øjeblik troede Walton, at væsenet mente ham. Ham, som havde lyttet til Frankensteins historie, og som dermed holdt mindet om ham i live.

"***Min egeN død,***" sagde skabningen. "***Den bliver hisToriens punktum. Jeg vil søge mod de ... nordLigste egne, hvor iNtet menneske nogensiNde vil komme. Der vil jeg ... bygge miT ligbål. Der vil jeg ... blæSe bort.***" Han vendte sig mod sin skaber og pressede ligets kolde hånd mod sit bryst. "***FaRvel, FrankensTein. Vid, at du har ... fået diN hævn, da min sMerte har været lige så sTor som din.***"

Mens han sagde dette, sprang han ud gennem kahyttens vindue og ned på isflagen, der lå ved siden af skibet. Bølgerne bar ham væk, og snart forsvandt han i det fjerne mørke.

Dagen efter kaster de Frankensteins lig over bord. Vandet sluger grådigt den døde og efterlader intet spor. Det eneste, der er tilbage af ham, er det aftryk, han har sat i Walton, som i aftes rev sine notater i stykker og dryssede dem ud gennem det ødelagte vindue. Nu kunne den frygtelige beretning lige så vel aldrig have fundet sted. Den forsvinder sammen med Frankenstein i de sorte bølger under den hvide is.

Skibsføreren står ved siden af ham. "Har De truffet en beslutning, kaptajn?"

Han skal til at nikke, da en tanke pludselig slår ham. Den får en ram kulde til at sætte sig i kroppen, og et øjeblik glemmer han helt at trække vejret.

Skibsføreren siger noget mere, men det er ikke hans stemme, Walton hører. Det er Frankensteins. Hans advarsel.

Lyt ikke til ham. Han kan være overbevisende, men tag ikke fejl. Hans sjæl er lige så forkrøblet som hans skikkelse.

For sit indre blik ser han skabningen knæle ved sin skabers lig og sige, at hans egen død vil være historiens punktum. Men hvorfor et ligbål? Hvorfor ikke kaste sig i bølgerne og lade Walton se ham gøre alvor af sine ord? Findes der overhovedet brænde dette golde sted?

Han har hele tiden været et skridt foran mig, har lyttet og lært fra sine skjulesteder, og nu ved De, hvor farlig og udspekuleret han er.

Han tænker på Frankensteins dagbog, som skabningen fandt i frakkelommen. Som indeholder alle detaljerne om videnskabsmandens horrible arbejde. Hemmeligheden. Opskriften på liv.

Han tænker på, hvordan væsenet har siddet ude på siden af skibet og lyttet til sin skabers beretning. Lyttet og lært, at alle instrumenterne stadig befinder sig i en forladt hytte på Orkneyøerne.

Han tænker på det krøllede stykke papir, Walton smed ud ad vinduet som det sidste. Den ene sætning, skrevet af et umenneskeligt væsen. Umenneskeligt, overbevisende og udspekuleret.

Mit herredømme er endnu ikke ovre.

Er han blevet narret? Var det slet ikke sin egen død, skabningen satte kursen mod, men ... det modsatte? Et nyt liv?

Nej. Nej, det kan ikke passe. Det kan ...

"Har De besluttet Dem, kaptajn?"

Han vender blikket mod det sted, Frankenstein er forsvundet. Væk. Som om han aldrig har eksisteret.

"Kaptajn?"

En kold vind får rebene til at smælde. Lyden får Walton til at tænke på en, der klapper. Månen er et kranie på den tindrende blå himmel.

"Sæt sejlene, og vend skibet," siger han, mens han stirrer på sin egen genspejling i det sorte vand. "Vi sejler hjem."

ET MARERIDT OM ET MONSTER

Frankenstein, der også har undertitlen *Den moderne Prometheus*,[1] blev til en regnfuld sommer nær Genève i 1816. Her besøgte den kun 18-årige Mary Shelley og hendes mand – den berømte engelske digter Percy Bysshe Shelley – en anden berømt digter, lord Byron, og dennes ven, lægen og forfatteren John William Polidori. Som resultat af sommerens endeløse regn fordrev det litterære selskab tiden med at fortælle skrækhistorier, og de aftalte, at de hver især skulle finde på en ny, grufuld beretning.

Den unge, skriveglade Mary Shelley ville så gerne finde på en historie, der kunne måle sig med de andres. En, der ville "*speak to the mysterious fears of our nature and awaken thrilling horror – one to*

1 Prometheus er en titan i den græske mytologi. Han stjæler ilden fra guderne og giver den til menneskene, hvilket gør Zeus rasende. Som straf lænkes Prometheus til en klippe, hvor en ørn spiser af hans lever. I løbet af natten vokser leveren ud igen, så ørnen kan spise den igen – og igen. Det er også Prometheus, der skaber den første mand, Pharenon.

make the reader dread to look around, to curdle the blood, and quicken the beatings of the heart."[2] Men hun kunne ikke finde på noget.

En aften lyttede hun til Percy og Byron (og sandsynligvis også lægen) tale om eksperimenter og galvanisme – brugen af strøm til at få døde dyrs muskler til at bevæge sig. Samme nat drømte hun om en videnskabsmand, der i rædsel flygtede fra det uhyrlige væsen, han havde bygget og vækket til live. Mary Shelley havde fundet sin historie, og i huset i Schweiz begyndte hun fortællingen det allermest dramatiske sted – skabelsesnatten: "*It was on a dreary night of November ...*"

Efterfølgende opfordrede hendes mand hende til at udvide historien, der udkom i romanform i 1818. Den udkom anonymt, men med et forord af Percy, som nogle mistænkte for at være bogens forfatter.[3] I 1831 – ni år efter hendes mands tidlige og tragiske død – udkom Mary Shelleys *Frankenstein* igen. Denne gang med hendes navn på forsiden og i en let bearbejdet udgave.

Der er ingen handlingsmæssig forskel på de to udgaver, og den største ændring findes i Elizabeths baggrundshistorie: I 1818-udgaven er Elizabeth Victors kødelige kusine, som familien tager til sig, da hun er lille. I 1831-udgaven er hun et forældreløst plejebarn, der bor hos en fattig bondekone, indtil familien Frankenstein på en ferie falder for pigen og adopterer hende. At Victor og Elizabeth, der er vokset op som bror og søster, nu ikke længere er

2 Fra Mary Shelleys forord til 1831-udgaven af *Frankenstein*. Til arbejdet med denne gendigtning har jeg også i høj grad benyttet mig af de to fremragende danske oversættelser af Jakob Levinsen og Jannick Storm, der har oversat hhv. 1818- og 1831-udgaven.

3 Der kom i øvrigt én bog mere ud af den regnfulde sommer i Schweiz: den langt mindre kendte kortroman *The Vampyre*, der blev udgivet i 1819 med lord Byrons navn på forsiden. Det var dog ikke digteren, der havde skrevet bogen (hvilket Byron ikke lagde skjul på), men lægen Polidori, som senere fik sit navn på forsiden. *The Vampyre* anses for at være bogen, der grundlagde den moderne vampyrhistorie, og udkom næsten 80 år før klassikeren *Dracula*. Polidori, der led af depression, begik selvmord to år efter udgivelsen.

direkte beslægtede, gør ægteskabet imellem dem lidt nemmere at sluge. Jeg er selv gået uden om Elizabeths baggrundshistorie og har i stedet valgt kun at berøre den vagt i prologen, hvor William ikke helt kan hitte ud af, hvordan det nu er med Elizabeth.

Bortset fra prologen og epilogen er min udgave af *Frankenstein* bygget op på samme måde som den originale, men fortælleformen og synsvinklen er visse steder anderledes.

Hele Mary Shelleys roman er fortalt gennem kaptajn Waltons breve til sin søster hjemme i England. Da Frankenstein indvier Walton i sin historie, begynder han med sin fødsel i Genève og fortæller grundigt om sin opvækst, om familieforholdene og om tiden på universitetet, inden han når frem til den længe ventede, dystre nat i november. Frankensteins baggrundshistorie er naturligvis vigtig, men jeg valgte at barbere kraftigt ned i detaljerne og i stedet starte hans beretning et sted imellem hans og skabningens fødsel, nemlig med hans mors død, som jeg har brugt som afsæt for hans besættelse af at finde livets nøgle.

Frankenstein er en fantastisk roman. Den er uhyggelig, den er bevægende, den er visionær og meget, meget mere. Men den er også over 200 år gammel, og den kan være tung læsning. Ud over at denne version er fortalt med min stemme og dermed er sprogligt helt anderledes end Shelleys, så har jeg opprioriteret de nervepirrende og mere handlingsmættede passager, men uden at ændre på historiens forløb.

Den gamle klassiker er dog også fyldt med en del huller, løse ender og en række sære tilfældigheder, som aldrig ville gå i en moderne roman. Dem har jeg så vidt muligt forsøgt at komme med en forklaring på.

Et eksempel: I bogens slutning befinder skabningen sig ombord på skibet og taler med den engelske kaptajn Walton. Men familien i skoven må have været fransk, eftersom skabningen er i stand til at kommunikere med den fransktalende Frankenstein oppe på bjerget. Så hvordan kan han pludselig tale engelsk? Min forklaring har rod i den høje intelligens, som skabningen åbenlyst er i besiddelse af.[4]

Et andet eksempel: Da Victor sejler fra Orkneyøerne efter at have destrueret det andet væsen, mister han styring med båden i stormvejret og kommer voldsomt ud af kurs. Bølger og blæst bringer ham hele vejen til Irland – og til lige præcis den by, hvor Henrys lig netop er blevet fundet. What are the odds? To be frank(enstein), ikke særlig gode, og derfor prøvede jeg at skabe en mere logisk sammenhæng i begivenhedernes gang og droppede samtidig den lange vej til Irland til fordel for havnebyen John O'Groats, som ikke er nævnt i Mary Shelleys roman. I øvrigt frikendes Victor meget hurtigt for drabet på Henry, da vidner kan bekræfte, at han befandt sig på Orkneyøerne på mordtidspunktet. Men hvordan man har fundet frem til disse vidner, når nu man ikke har været i stand til at hive et fornuftigt ord ud af den febersyge Frankenstein, gives der ingen forklaring på. Derfor tilføjede jeg brevet fra skabningen. Ideen om, at det er ham, der redder sin skaber fra galgen for at forlænge sin hævn, kunne jeg godt lide.

Et tredje eksempel: at skabningen ved et rent og skært lykketræf (for ham i hvert fald) støder på familien Frankenstein, da han efter sin lange rejse når frem til Genève. Dette enestående sammenfald kunne jeg alligevel ikke forklare mig ud af, så jeg valgte

4 Jeg valgte også at udstyre ham med to hjerner, når nu Frankenstein var i gang. Til gengæld er min udgave af skabningen knap så velformuleret som hos Mary Shelley. Det forekom mig mere realistisk, at han ikke var helt så flydende i fransk, og samtidig ville jeg gerne lade hans grove fremtoning komme til udtryk gennem hans sprog.

i stedet at imødekomme problemet ved at påpege det. *Er vores liv dikteret som begivenhederne i en bog?* spørger Victor på et tidspunkt, og i dette tilfælde må man sige, at svaret er et rungende ja.

Ud over uhyrets besked, der får frikendt Frankenstein for mordet på Henry, har jeg tilføjet andre scener af forskellige årsager. Blandt andet:

De indledende forsøg med hestehjertet og hunden. Jeg syntes, der manglede nogle trin, inden der blev taget hul på det store eksperiment, og så var episoden med hunden med til at forklare, hvorfor Frankenstein vælger at kaste sig over at skabe et væsen fra bunden.

Siden fra dagbogen, som Victor finder, efter at Justine er blevet arresteret for mordet på hans lillebror. Jeg syntes ikke, det var nok, at Victor kortvarigt får et glimt af skabningen ved mordstedet og dermed bliver overbevist om, at det er ham, der har myrdet William. Især ikke når Victor efterfølgende erfarer, at man har fundet medaljonen i Justines lomme, hvilket er et temmelig belastende bevis. Derfor lod jeg uhyret kommunikere med sin skaber via Frankensteins egne ord, så han ikke længere er i tvivl om, hvem der er den sande morder.

Konen, som Victor ved et uheld slår ihjel på Orkneyøerne. Jeg tænkte, at han havde brug for nogle friske – og kvindelige – kropsdele til sin nye skabning, og at dette var en måde at give ham dem på.[5]

Til gengæld har jeg ikke taget mange scener ud af Mary Shelleys

5 Man kan i øvrigt undre sig over, at det bekymrer Victor, at hans to skabninger måske vil få børn. Det er jo ham, der er ved at bygge skabningens kvindelige modpart, så han kan jo bare udelade de nødvendige forplantningsdele. At han ikke tør træffe den beslutning af frygt for uhyrets vrede, er min tilføjelse.

historie. Faktisk kun én: Efter farens og Elizabeths død går Victor til en dommer i byen og fortæller det hele, i håb om at ordensmagten vil sætte jagten ind på uhyret. Dommeren tror – rimeligt nok – at der er tale om en gal mands snak, og Frankenstein optager derfor selv forfølgelsen. Tanken om, at det kun er Frankenstein, der kender den sande historie, indtil han betror sig til Walton, virkede på mig mere besnærende og giver en følelse af en synder, der går til bekendelse.

Men selv om jeg ikke har taget flere scener ud, så er der en del karakterer, der er forsvundet i denne gendigtning. Enten fordi jeg syntes, de var overflødige eller bremsede handlingen for meget.

Den vigtigste af disse forsvundne karakterer er uden tvivl Ernest, Victor Frankensteins anden lillebror.

Ernest er syv år yngre end Victor, og han er faktisk den eneste i hele familien Frankenstein, der overlever de skæbnesvangre begivenheder – uden at han på noget tidspunkt bliver klar over, hvad der foregår omkring ham. Man kan hævde, at det er en vigtig pointe, men Ernests rolle i bogen er samtidig underligt diffus. Faktisk virker det nærmest, som om Frankenstein til sidst glemmer alt om ham. Han efterlader sit eneste tilbageværende familiemedlem uden at sige farvel, og man finder aldrig ud af, hvad der bliver af den stakkels dreng, der pludselig har mistet hele sin familie uden forklaring. Det er også uklart, hvorfor skabningen ikke slår Ernest ihjel, når nu han er i gang. Derfor valgte jeg at tage denne bror ud af historien og lade Frankenstein være den eneste af sin slægt, der er tilbage.

Familien, som skabningen knytter sig til ude i skoven, har jeg også ændret lidt på. I den originale roman er der tale om et voksent søskendepar (Felix og Agatha) og deres gamle, blinde far (De Lacey). Senere ankommer en ung, tyrkisktalende kvinde (Safie) til stedet. Hun viser sig at være Felix' elskede, der efter mange strabadser endelig har fundet ham igen, og det er hendes undervisning i fransk, skabningen suger til sig. Familiens historie er dog både lang og kompliceret uden at have nogen reel betydning (ud over på det rent symbolske plan) for skabningens egen fortælling. Derfor rokerede jeg lidt rundt på familieforholdene og skar alt baggrundsmaterialet fra. Jeg droppede Safie, gjorde de to søskende til mand og hustru og udstyrede dem med en søn, så det i stedet var hans undervisning, skabningen kunne lytte med på. Som en lille hilsen til Frankensteins forsvundne lillebror gav jeg drengen navnet Ernest.

Scenen, hvor skabningen redder kvinden fra at drukne og bliver skudt som tak, valgte jeg at placere tidligere i handlingen. Hos Mary Shelley finder episoden sted, da skabningen er på vej til Genève, men jeg lod den foregå, før han tager kontakt til den fattige familie i skoven, så scenen i stedet blev endnu et skridt på hans vej mod dette point-of-no-return.

I den dramatiske retssag, hvor den uskyldige Justine sidder på anklagebænken, mens Frankenstein til gengæld sidder på pinebænken, har jeg tilladt mig at ændre Elizabeths reaktion på anklagen mod tjenestepigen. Hvor Mary Shelley lader Elizabeth være lige så overbevist om Justines uskyld, som Victor er det, så lod jeg hende i stedet være overbevist om det modsatte. For mig gav det både mere drama til scenen og forekom mere logisk, eftersom man ikke har andre mistænkte. Hvis det ikke er Justine, der har myrdet William, må det jo være en anden, og de overvejelser kommer Elizabeth pudsigt nok ikke rigtigt ind på. Jeg har så yderligere taget mig den frihed at lade Elizabeth være den, der finder medaljonen i tjenestepigens lomme, så hun er helt sikker i sin sag.

Siden Victors barndom har det ligget i kortene, at han og Elizabeth en dag skal giftes, og det lover han også sin mor på hendes dødsleje. Efter Henrys død indfrier han dette løfte – trods uhyrets morderiske trussel. Eller måske netop på *grund* af den?

Victor og Henrys forhold er påfaldende. De er bedste barndomsvenner, men undervejs kan man få det indtryk, at de muligvis er mere end det. Da Victor endelig kommer sig efter længere tids sygdom i kølvandet på skabelsesnatten, planlægger han flere gange sin hjemrejse til Genève. Han har ikke set sin familie i over fire år, og de er med god grund bekymrede for ham. Men Victor, der nu har fået selskab af Henry, bliver ved med at udskyde turen. Først skal han lige komme sig lidt mere, så kommer vejret i vejen, og pludselig er der gået yderligere halvandet år. Det, der i sidste ende får ham til at rejse hjem, er nyheden om Williams død.

Anden gang Henry dukker op i historien, er, da Victor er på vej til Orkneyøerne for at skabe sit andet væsen. En rejse, der strækker sig over mange sider hos Mary Shelley. Det er næsten, som om Frankenstein for en stund glemmer den pressede situation, han er i – fordi han er i selskab med Henry. Jeg er ikke i tvivl om, at Victor elsker Elizabeth, men kan det tænkes, at det er mere som en søster end som en hustru? Ville Victor fortælle kaptajnen det, hvis hans og Henrys forhold var mere end venskabeligt? Nej, og derfor ligger antydningen af dette forhold stadig mellem linjerne i denne genfortælling, om end lidt tydeligere end hos Mary Shelley. Det forklarer også, hvorfor det er mordet på Henry, der for alvor slår bunden ud af Victor, og som gør, at han vælger at bruge brylluppet til at lokke uhyret frem.

Alle har hørt om Frankenstein, men få kender historien. Det er et ikonisk navn, der er blevet en indgroet del af vores kultur. De fleste ved, at *Frankenstein* handler om et uhyre, og mange ser nok Boris Karloffs klassiske filmmonster for sig: den høje pande, de dybe, sørgmodige øjne, bolten gennem halsen. Jeg ville gerne tage uhyrets udseende et helt andet sted hen.[6]

På mange af de genudgivelser, bearbejdninger, tegneserieversioner og letlæsningsudgaver, der findes af *Frankenstein,* ser man ofte uhyret på forsiden. Og selv om det selvfølgelig ikke er et væsen, man har lyst til at møde en mørk nat, så får forsiden heller ikke ligefrem læseren til at skrige af rædsel. Og det er sådan, jeg forestiller mig skabningen. Som noget, der ikke *kan* forestilles. Noget, som er så uhyrligt, at det ikke kan beskrives eller begribes. Derfor aftalte jeg også med Rasmus Jensen, der har illustreret denne genfortælling, at man ikke måtte se *hele* uhyret, kun brudstykker. Nogle ting lever bedst i læserens fantasi.

Netop fordi mange kender navnet, men ikke den egentlige historie, er der mange, der tror, at Frankenstein er navnet på uhyret. Man kan argumentere for, at det er det måske også. For hvem er egentlig monstret i denne fortælling? Er det den tragiske skabning, hvis følelser formes af ensomhed og længslen efter omsorg? Eller er det den selviske skaber, der stikker af fra sit ansvar?

Så jo, måske *er* Frankenstein navnet på uhyret. Skabningen selv forbliver dog navnløs.

Mary Shelley slutter sin historie med, at væsenet springer ud

6 *Frankenstein* er blevet filmatiseret et utal af gange, men ingen af dem forholder sig særlig tro mod det oprindelige oplæg. Den gamle sort-hvid-film fra 1931 med Boris Karloff har stort set intet tilfælles med Mary Shelleys roman, ud over selve eksperimentet. Den film, der kommer tættest på, er Kenneth Branaghs version fra 1994, som faktisk hedder *Mary Shelley's Frankenstein.* Men også her er der ændret gevaldigt på historien, hvilket måske kommer tydeligst til udtryk i selve skabningen, spillet af Robert de Niro. I filmen er uhyret ikke sammensat af flere menneskedele, men består af kroppen fra en hængt mand, hvis hjerne skiftes ud med en af Victors afdøde professorers. Skabningen ligner altså mere eller mindre et menneske. Arret og vansiret på det frygteligste godt nok, men dog et menneske.

gennem vinduet i kahytten og forsvinder i det fjerne mørke. Sidste sætning i sidste kapitel i denne genfortælling er også den sidste sætning i originalen. Epilogen er til gengæld min egen tilføjelse. Walton bliver ikke direkte vidne til skabningens endeligt, og jeg kunne ikke lade være med at lege med tanken om, at måske, bare måske, er monstrets historie alligevel ikke helt slut.

Kenneth Bøgh Andersen

NB. Mary Shelley døde i 1851. Hun nåede at få fire børn med Percy, der omkom i en drukneulykke i 1822. Da hans lig ti dage senere skyllede op på stranden, lavede man et ligbål. Tre af parrets børn døde som spæde, og Mary Shelley giftede sig ikke igen. Året efter Mary Shelleys død fandt hendes overlevende søn, Percy, en kuvert i en aflåst skuffe i hendes skrivebord. Kuverten var foldet af et af hendes mands digte og indeholdt resterne af hans hjerte.

Frankenstein genfortalt
Af Kenneth Bøgh Andersen

Omslagsillustration: Rasmus Jensen
Omslagsdesign: Simon Lilholt / Imperiet
Illustrationer: Rasmus Jensen
Grafisk tilrettelægning: LYMI DTP-Service

Bogen er trykt hos GGP Media GmbH, Pössneck
Printed in Germany 2021
1. udgave, 1. oplag
ISBN 978-87-400-6436-0

Uddraget af *Det tabte Paradis* af John Milton
er gengivet i Uffe Birkedals oversættelse (Vangsgaard, 2013)

www.kennethboeghandersen.dk

Forfatteren ønsker at takke Statens Kunstfond for støtte til bogens tilblivelse
STATENS KUNSTFOND

Politikens Forlag
Rådhuspladsen 37
DK-1785 København V
Tlf.: 33470707

www.politikensforlag.dk

MIX
Paper from responsible sources
FSC® C014496